種族【半神《デミゴッド》】な俺は異世界でも普通に暮らしたい

Shuzoku [Demigod]
Na Ore Ha Isekai Demo
Futsu Ni Kurashitai

4

[Author]
穂高稲穂
Hodaka Inaho

[Illustration]
珀石碧

スレイル
ヴァンパイアデビルの少年。リョーマを兄と慕う。
ルシルフィア
神様クエストの報酬で仲間に加わった、リョーマを守護する大天使。
西園寺玲真《さいおんじりょうま》
神様の気まぐれで種族を半神《デミゴッド》に変えられ異世界に招待された青年。チート化したスマホを手に冒険者として活動を始める。

ルイン
リョーマと仲の良い冒険者。ヘタレ気味だが愛嬌がある。
ディダルー
協商人国シャンダオの大豪商に仕える男。犯罪組織への復讐のため、リョーマに助力を仰ぐ。
タオルク
二つ名を持つほどの剣の達人。実は元日本人の転生者。
登場人物紹介

第1話　協商人国シャンダオ

何気なく呟《つぶや》いた一言のせいで、遊戯《ゆうぎ》と享楽《きょうらく》を司《つかさど》る神、メシュフィムに異世界に転移された俺、西《さい》園寺《おんじ》玲《りょう》真《ま》。

しかも、転移の際に半神《デミゴッド》という種族になり、唯一持っていたスマホをチート仕様にされてしまっていた。

俺はスマホの能力を駆使《くし》してファレアスという街に着くと、冒険者として活動を始め、フィランデ王国の首都サンアンガレスを目指して旅に出る。

新人冒険者のロマとフェルメ、ルイン、それから元日本人のタオルクを仲間に加え、迂余曲折《うよきょくせつ》ありながらも、俺達は首都に到着。半神《デミゴッド》は神の使徒として扱われることもあり、王族から歓待を受けた俺は、屋敷を貰《もら》ってそこを拠点にする。

首都で過ごしていた俺だったが、ある時、商人が集まってできた国、協商人国シャンダオの商人ディダルーに出会い、犯罪組織ノリシカ・ファミルについて聞かされる。

ノリシカ・ファミルは人身売買、殺人、暗殺、麻薬の密売等の極悪犯罪全般を行っており、そのボスの表の顔が、シャンダオを取り仕切る三豪商の一人、陸運の巨人ベンジャーノだというのだ。

情報の真偽を確かめるために調査を進めていた俺は、サンアンガレス内の貧民街アルガレストで、麻薬を売りさばく組織ノルスと対峙《たいじ》することになる。

無事にその組織を潰《つぶ》したものの、そのバックにはノリシカ・ファミルがいたらしい。

おそらく報復なのだろう、俺の大切な仲間達の命が狙われる事件が発生したのをきっかけに、俺はノリシカ・ファミルを壊滅させるためにシャンダオへと旅立つのだった。


サンアンガレスを出て三日。

俺は全力の高速飛翔《ひしょう》を解除し、丘の上に降り立った。

風に靡《なび》く、青く茂る草を踏み、遠くに見える大都市を見下ろす。

「――あれがシャンダオの首都……グアンマーテルか」

俺はそう言ってアレクセルの魔套《まとう》のフードを被る。

このアレクセルの魔套は自動修復、環境適応、形状変化など、様々な機能が備わっていて、魔力隠匿《いんとく》の効果によって、俺の濃密で神聖な魔力を隠すことができるのだ。これがないと、俺の接近がシャンダオの人間にバレかねない。

シャンダオは、俺と同じ使徒の一人、皇《すめらぎ》がいるメルギス大帝国に並ぶほどの大国だ。さらに国家として使徒に匹敵《ひってき》する力があるとも聞いている。

しかも現在は、新しくこの世界に現れた使徒である俺を懐柔《かいじゅう》し、その権力を取り込もうとする計画が動いているともいう。

正体がバレると、確実に厄介《やっかい》なことになるので、気を引き締めていかないといけない。

俺は隠密《おんみつ》スキルを発動してグアンマーテルへと歩き始めた。


街の中へ足を踏み入れると、さすがは商人達が集まってきた国というべきか、ものすごい人口密度と賑《にぎ》わいだ。

「まずはブルオンを探さないと」

ブルオンはシャンダオの商人として唯一俺と直接取引している人物で、友人として仲良くしている。

彼とは、俺のスマホのアプリ、妖精《ようせい》の箱庭――文字通り妖精達が暮らす亜空間を生み出すアプリの中で作られた野菜を、定期的に買い取る契約をしている。

時期的に今はシャンダオにいるはずである。

しかし、しばらく歩いて気付いたのだが、どこの通り沿いにも大きな商会が立ち並び、様々な品物が扱われているようだった。

面白そうな商品がたくさんあって目移りしそうになるけど……まずはブルオンを探さないといけない。

といっても、闇雲《やみくも》に探しても時間がかかるだけから、適当にお店に入って聞いてみることにした。

そのお店は、魔道具を扱っているようだった。

「いらっしゃいませ！」

褐色《かっしょく》の肌の明朗快活《めいろうかいかつ》な若い男性店員が挨拶《あいさつ》をしてくる。

「マギル王国から仕入れたばかりの最新の魔道具ですので、是非《ぜひ》見てってください‼」

彼の言う通り、様々な魔道具が棚に置いてあり、なかなか興味深い。

俺が透明な玉の前に立って観察していると、店員が話しかけてきた。

「それは投影玉《とうえいだま》です！　風景を記録して投影することができます！」

「へぇ、面白いですね。記録できるのは静止画ですか？」

「いえ！　映像として記録できます！」

映像を記録できる魔道具か。何かの役に立つかもしれないから買っておくのもいいかもしれない。

「それじゃあ一個貰っていいかな」

「かしこまりました！　百二十ドラルになります！」

ドラルはシャンダオの通貨で、俺が拠点にしているフィランデ王国の通貨ビナスとのレートは……一ドラル＝六ビナスだったたか。

ブルオンとの取引ではドラルで支払ってもらっているから、たんまり持っている。

店員に見えないように、魔套の中でスマホを操作してインベントリから百二十ドラルを出して支払った。

そうだ、本題のことも聞かないと。

「あの、ここで使徒の野菜を買えると聞いたのですが、どこで買えますか？」

「それでしたらナリアス通りのブルオン商会ですね！　ここからなら馬車で行くのがいいですが……まずはこのお店を出て左にまっすぐ行って、突き当たりを右に行くとガームル黒茶屋というお店があります。その前の道を左に行くと乗り合い馬車の停留所があります！　そこでオーガシア広場行きの乗り合い馬車を使うと良いですよ！」

「ご丁寧《ていねい》にありがとうございます。行ってみます」

お店を出た俺は、教えられた通りに進み、停留所に到着した。

そこにはたくさんの馬車が停車していて、どこどこ行きと看板が掲《かか》げられている。

オーガシア広場行きの馬車に三十ドラルを支払って乗ると、ほぼ満席状態で、俺が乗車してすぐに出発となった。

ちょうど出るタイミングで良かったと胸を撫《な》で下ろす。これに乗れてなかったら、どれだけ待たされたかわからないからな。

お店が立ち並び、様々な様相の人達が行き交うのを眺《なが》めながら馬車に揺られること約三十分で、オーガシア広場に到着した。

広場の中央には、厳《おごそ》かな石像が立っている。

観光をする旅人やこの街で活動しているであろう冒険者、職人や住民が多く、すさまじい喧騒《けんそう》だ。

広場の一角では、大道芸が行われていて歓声が上がっていた。

ものすごく興味があるけど、俺は近くで露店を出しているおじさんに声をかける。

「あの、ちょっといいですか？」

「お、いらっしゃい！　なんか買ってってくれ！」

満面の笑みを浮かべるおじさん。

「えーっと……じゃあ、それをください」

青い石が嵌《は》められたバングルを指差す。

「はいよ！　三十ドラルだ！」

三十ドラルを払いバングルを受け取った。

「ついでに道を尋ねたいのですが良いですか？」

「おう！　どこに行きたいんだ？」

バングルを買ったからだろう、快く聞いてくれる。

「ナリアス通りに行きたいのですが、どう行ったら良いですか？」

「それなら、あそこの通りをまっすぐ行くとミドラス大書店があるから、その角を右に行くとナリアス通りだ！」

指をさして教えてくれる。

俺はお礼を言ってその場を離れ、ナリアス通りに向かった。

ナリアス通りには大きな建物が連なっている。ここにブルオンがやっているお店があるのだろう。

通りに入って少し歩いただけで、目的の店はすぐに見つかった。

一番人の出入りが激しいお店で、俺が売った妖精の箱庭の野菜が、店頭のガラスケースに鎮座《ちんざ》しており、とても目立っていたからだ。

おそらくガラスケースにあるのは客引き用の展示だろう。

多くの人がそのガラスケースの中にある箱庭の野菜を珍《めずら》しそうに、または羨望《せんぼう》の眼差しで眺《なが》めていた。

俺は店頭の人だかりをスッと避《よ》けてお店の中に入る。

何かのお香だろうか、ほのかに甘いようないい匂いがする。

店内では、身なりの良いお客さんが従業員から妖精の野菜や果物を買っていた。

「いらっしゃいませ。どうぞゆっくりご覧になってください」

俺に気付いたらしき容姿のいい従業員が、綺麗《きれい》な所作で頭を下げる。

その時に俺の身なりを観察する視線を感じた。

地球にいた頃、両親に連れられて高級店に行った時にそういう視線を感じたことがある。

身につけているものを観察して、どれぐらい金銭的余裕があるのかを判断しているのだ。

今俺に挨拶をした従業員も、お店の格に見合うかどうかをさり気なく観察したのだろう。

まぁ、アレクセルの魔套を被っているから、パッと見ただけじゃわからないだろうけど。

「すみません、個室は空いてますか？」

「個室でしょうか……少々お待ちください」

俺に声をかけられた従業員の男は、店の奥に確認しに行く。

「――お待たせいたしました。ご案内いたします」

どうやら問題なかったようで、個室に案内してもらい、俺は椅子《いす》に座って一息つく。

「自分はフィランデ王国から来ましたタロウと申します。本日はブルオン様と取引をしたくて参りました。品物はこちらになります」

俺は偽名を名乗りつつ、懐《ふところ》から物を取り出すふりをして、アレクセルの魔套の下でスマホを操作する。そして、小さな宝石が鏤《ちりば》められ、細かい装飾が施された白銀のブレスレットを取り出した。

これも野菜と同様、妖精の箱庭で妖精達が作った装飾品だ。

妖精の箱庭の中では、野菜や果物を作るだけではなく、酪農《らくのう》をしていたり、島に生える木を伐採したり、鉱石を採掘して精錬し、装飾品を作ったりと、何でも作っているのである。

従業員の男は、妖精が作った白銀のブレスレットの精巧な美しさに魅了《みりょう》されていた。

「是非これをブルオン様にお売りしたくて来ました。ご精査していただけると幸いです……」

「か、かしこまりました！　少々お待ちください！」

従業員の男は白銀のブレスレットをハンカチで丁寧に包み、個室を出ていった。

これで俺が来たことを察してくれたら良いけど……

そう心の中で思いながら戻ってくるのを待つ。

七分くらい経った頃、ドタドタと廊下を走る足音が聞こえてきた。

そしてその直後、バーンと個室のドアが開けられ、額《ひたい》から汗を滴《したた》らせハァハァと息を切らせたブルオンが入ってきた。

相変わらずひどく太った体で、指にはギラギラと宝石の指輪をしており、全身を貴族のように着飾っている。

「も、もしかしてリョーマ様ですか……？」

その言葉に、俺はフードを脱いで顔を見せる。

少し苦笑いを浮かべて右手を上げて挨拶をした。

ブルオンは俺がここにいることに驚愕《きょうがく》し、ヨロヨロと椅子に座る。

そして少しして、落ち着きを取り戻したのを見計らって、こちらから話を始めた。

「驚かせてごめんね。緊急の用でこっちに来たんだけど、頼れるのがブルオンしかいなくてさ」

「そういうことでしたか……私にできることがありましたら何なりとお申し付けください」

「ありがとう。俺がここにいることは、ひとまず他の人には内密にお願い」

「かしこまりました」

「それで、ディダルーにこの手紙を渡してほしいんだけどお願いしていいかな？」

ブルオンが部屋に来るまでの間に書いておいた手紙を渡す。

俺がシャンダオの首都にいることや、速《すみ》やかに内密で話がしたいことが書いてある。

ブルオンは頷《うなず》くと、手紙を懐にしまった。

「ところで、リョーマ様は滞在する場所はお決めになられているのでしょうか?」

「いや、この街に到着してすぐにここに来たから、宿はまだ決めてないよ。これから探そうかなって。そうだ、よかったらいい宿を紹介してくれないかな」

「でしたら是非、我が家にお越しください!!」

ブルオンはずいっと身を乗り出して前のめりに提案してくる。

うーん、特に断る理由はないか。

「それじゃ、お言葉に甘えようかな」

「ありがとうございます! それでリョーマ様、これについて一つご相談があるのですが……」

さっき従業員の男に渡した白銀のブレスレットを取り出すブルオン。

「是非これを買い取らせていただきたいのですが」

「これからお世話になるからそれはプレゼントするよ」

「なんと!? よろしいのですか!?」

「うん。その白銀のブレスレットも妖精達が作ったものでね、近々売りに出そうか考えてるんだ」

「なるほど……その時は是非私にも……」

目を細めるブルオン。

「もちろん良いよ」

快く承諾《しょうだく》すると、彼は満面の笑みを浮かべた。

「価格などについては追々話しましょう」

「承知いたしました!! ではさっそく、私の家にご案内いたしましょう」

ブルオンは従業員に帰ることを伝え、馬車の手配をさせる。

すぐに到着した馬車に一緒に乗り込み、ブルオンの邸宅に向かうのだった。


馬車が走ること十分。豪邸がいくつも立っている地域に到着した。

その中でもなかなかに立派な家の前に馬車が停まると、しっかりした身なりの壮年の使用人が玄関から出てきて、俺達を出迎えた。

「おかえりなさいませ、旦那様」

壮年の使用人の男が頭を下げると、ブルオンは大仰《おおぎょう》に頷いてこちらを見た。

「タロウ様、家で働くモリスです。モリス、大事なお客様だ。丁重にもてなしてくれ」

「ようこそお越しくださいましたタロウ様。よろしくお願いいたします」

俺は軽く会釈《えしゃく》をする。

今は身分を隠しているから、素顔は見せないように魔套のフードを被り、ブルオンにタロウと呼ぶように言っている。

「さぁ、我が家をご案内いたします！」

そう言って、ブルオン自ら邸宅の中を案内してくれた。

かなり儲《もう》かっているようで、相当高価そうな置物や絵画が目立つ。

そうして一通り簡単に案内してもらった後、俺が寝泊まりする部屋に着いた。

「どうぞこの部屋をお使いください！　今夜はタロウ様を歓迎する夕食会を行いたいと思います。その時に私の家族を紹介させてください！」

「ありがとう。是非挨拶させてよ」

「はい！　では失礼いたします。夕食の時にお呼びいたしますので、それまではごゆっくりお寛《くつろ》ぎください！」

ブルオンはモリスと一緒に部屋を出た。

俺はソファーに腰《こし》掛《か》けて一休みする。

部屋は豪華なシャンデリアに大きなベッド、ふっかふかのソファーに高級そうな置物に絵画も飾られている。

ひとまずブルオンと接触できて、ディダルーに手紙を渡すようにお願いできたから、後は待つのみ。

特にやることもないので、固有空間——俺の地球での部屋を再現した空間から持ってきておいたラノベをインベントリから取り出して読み始めるのだった。


ラノベを読んでいたら、いつの間にか日が暮れていた。

もうそろそろ夕食かなと思った時に、タイミング良くドアがノックされる。

「どうぞ」

「し、失礼いたします。御夕食の準備が整いましたのでご案内いたします」

使用人のモリスが、緊張した面持《おもも》ちで頭を下げる。

明らかにさっきと態度が違うのは、俺がどういう人物なのかブルオンから聞いたからだろう。

まぁ、一般人からしてみれば使徒と対面することは少ないだろうし、こうなるよな。

モリスはぎこちない様子で夕食をとる部屋に案内してくれる。

「タロウ様、ご到着されました！」

モリスは部屋の中にいる人達にそう告げると、ドアを開けた。

ブルオンは満面の笑みで待っていて、その隣には、小柄で可愛らしく美しい女性が緊張した様子で座っていた。

その隣には、彼女によく似た十代前半くらいの可愛らしい女の子が、にこやかに座っている。

「タロウ様！　どうぞこちらのお席にお座りください！」

ブルオン自らが席に案内してくれる。

「まずは乾杯しましょう！」

自分の席に座ったブルオンがそう言うと、壁際に控えていた若い使用人が全員のグラスにワインを注ぐ。女の子には果実ジュースを注いでいた。

「タロウ様をお迎えさせていただけた栄誉に――乾杯！」

俺達はワイングラスを掲げ、一口飲む。

「さっそくですがタロウ様、家族を紹介させてください。私の隣に座っているのは妻のリメリスです！」

「リ、リメリスと申します。よろしくお願いします！」

席を立って恭《うやうや》しく頭を下げるリメリス。

ブルオンがこんな美しい女性を奥さんに迎えているのには、正直驚いた。どういう馴《な》れ初《そ》めなのか非常に気になるところだ……

「タロウです。よろしくお願いします」

「リメリスの隣にいるのが、私達の娘のマルエーヌです！」

「マルエーヌと言います！　タロウ様、よろしくおねがいします！」

「よろしくねマリエーヌ。タロウと言います。改めましてブルオンさん、今回はお招きいただきありがとうございます」

「いえいえ！　こちらこそタロウ様をお迎えできて大変光栄です！　お抱えの料理人が腕を振るっ

て夕食を作りましたので、是非お召し上がりください！」

ブルオンがパンパンと手を叩《たた》くと、若い使用人がテーブルにある美味《おい》しそうな料理を皿に取り分けてくれる。

楽しく話をしながら食事をし、緊張していたリメリスも次第にリラックスして、楽しい夕食会になった。

美味しいご飯をご馳走《ちそう》になり、楽しい話もたくさんできて大満足だ。

和《なご》やかな夕食会も終わったところで、俺は自分の部屋に戻る。

特にすることもないから、スマホを出してアプリの妖精の箱庭を開いてみた。

妖精達はせっせと働いていて、いろんなものがアイテムボックスに貯められている。いつも通りだな。

「ん？」

そこで俺は、箱庭ショップに『覚醒《かくせい》の秘薬（フォノン）』というアイテムが一個だけ追加されているのを見つけた。

フォノンというのは、この妖精の箱庭で一番初めに召喚した妖精のことだろう。箱庭にある世界樹を管理している妖精王だ。

そのフォノンを覚醒させる秘薬というのはどんな影響があるのかかなり気になる。

だけど、その『覚醒の秘薬（フォノン）』を購入するのに、箱庭ポイントが一千万必要だった。

島を大きくしたいし妖精をもっと増やしたいし、施設を追加したいから一千万ポイントを貯めるには時間がかかりそうだ……

まぁ、こればかりは貯まるのを待つしかないか。

俺は次に神様クエストを開く。

この神様クエストというのは、神様から与えられた様々なクエストが表示されており、それをクリアしていくことで神様ポイントなどの報酬を獲得することができる。

神様ポイントは神様ショップというアプリで使うことができて、いろんなアイテムを購入したり、アプリをダウンロードできたりする。

他にも自分のステータスを伸ばしたり魔法などのスキルも覚えられたりと、いわゆるチートみたいな便利なものだ。

現在の神様ポイントは千四百六十二ポイント。

できるだけ貯めておこうと思っているのだが、固有空間の出入りにポイントを使ったり、強敵との戦いでスキルを取得したりとするうちに、なんだかんだポイントを使ってしまっていた。

せっかくシャンダオに来たので、何かちょうど良いクエストがないか見てみる。

シャンダオにあるダンジョンの攻略などいろいろ見ていく。

そんな数あるクエストの中に、お誂《あつら》え向きのクエストがあった。

シャンダオに潜《ひそ》むノリシカ・ファミルの構成員を見つけ出す
クリア報酬：30000神様ポイント
クリア報酬：不信の針《はり》

ノリシカ・ファミルの幹部コホスを捕らえる
クリア報酬：500000神様ポイント
クリア報酬：偽証《ぎしょう》の心得

ノリシカ・ファミルのボスを捕らえ組織を壊滅させる
クリア報酬：8000000神様ポイント
クリア報酬：邪心の紙片
クリア報酬：大悪党のサムリング

まさに俺が探しているノリシカ・ファミルの情報だった。

コホス……アルガレストに麻薬を流していた、俺にとって因縁の相手だ。

そんな時、ドアがノックされた。

「タロウ様、ブルオンです」

「どうぞ」

ソファーに寝そべって寛いでいた俺は、姿勢を正してブルオンを部屋に入れる。

「タロウ様、一杯どうですか？」

ブルオンはニンマリと笑みを浮かべて酒瓶《さかびん》を見せる。

「良いですね。何かつまめるものは俺が出します」

「おぉ！　それはありがたい!!」

目を輝《かがや》かせるブルオン。俺はインベントリからグラスを二つとちょうどいいつまみを出してテーブルに置く。

ブルオンはソファーに座ってグラスに藍色《あいいろ》のお酒を注ぐ。なかなか見ない色のお酒だ。

「それでは乾杯！」

「乾杯」

カチャンとグラスを軽く当てる。

「今日はいろいろありがとう。夕食の料理もすごく美味しかったです」

「ご満足いただけて何よりです！　リメリスとマルエーヌもタロウ様とお話ができて良かったと喜んでいました！」

俺は微笑みながらお酒を一口飲む。

「ん!?」

口に含んだ瞬間《しゅんかん》、口の中に広がる強烈な刺激。バチバチと電気が流れたような感覚だ。

だけど味わい深くとても飲みやすい。

俺が目を見開いていると、ブルオンはニンマリと笑う。

「どうですか？　タロウ様のために手に入れました、アドラヴァリオという雷竜酒《らいりゅうしゅ》です。ドラゴンが稀《まれ》に作る奇酒で、滅多に手に入らない、かなり貴重なものなんですよ」

「ドラゴンが作る酒か。面白いね。こんな凄いものを飲ませてくれたお礼をしないとね」

俺のお礼という言葉に目を輝かせるブルオン。

わかりやすい彼に苦笑しつつ、スマホを取り出してインベントリを開く。

今回招待してくれ、夕食までご馳走してくれたお礼も兼ねたものを渡したい。ついでにリメリスとメルエーヌのプレゼントも選ぼうか。

お菓子やお酒、小物を選んで次々とテーブルに出す。

「おぉ！　おぉ！　これがリョー……タロウ様の！」

興奮して俺のことをリョーマと呼びそうになるブルオン。今は二人だけしかいないし、別に本名でもいいけど言わないでおく。

ブルオンは嬉《うれ》しそうに品物を一つ一つ見る。

「わかってると思うけど、これをどっかに売ろうなんて考えないでよ」

「もちろんですとも！　タロウ様の信用を損なうようなことはいたしません！　商売の神ラストス

様に誓いましょう」

真剣な表情で言うブルオン。

うん、大丈夫そうだな。

「ところで、ディダルーへの手紙の件はどうなってるかな？」

「つつがなく手配いたしました！　早ければ明日には返事が来ると思います」

ブルオンはお酒を飲みながら答える。

「ありがとう。すごく助かるよ。お店の方はどう？」

「タロウ様からいただきましたあの野菜や果物が飛ぶように売れております！」

他愛もない話をしながらお酒を飲み交わす。ブルオンは俺が出したつまみを美味しそうにバクバク食べていたけど……

特に最高級のチーズがお気に入りだったようだ。

時折、取引したいとでも言いたげにチラチラと俺を見てくるけど、無視をする。

それにしてもブルオンがおつまみを食べる手が止まらない。

夕食にびっくりするほどご飯を食べていたのに次々と口に放り込んでいた。

ここまで喜んでもらえるなら嬉しい限りだ。

気分が良くなった俺は、ブルオンにご馳走しようとインベントリからキャビアの瓶を取り出した。

「タロウ様、それは？」

「これは俺がいた世界で三大珍味《さんだいちんみ》と言われているものだよ」

俺はお皿の上に氷雪《ひょうせつ》魔法で細かい氷を出して、その上に蓋を開けたキャビアを置く。五分ほど冷やしたところで食べ頃だ。

木製のスプーンでキャビアを掬《すく》ってブルオンに差し出す。

「どうぞ、食べてみて」

「おぉ！　ありがとうございます！」

ブルオンはキャビアを口に含むと、プチプチと潰してじっくりと味わう。

「これはこれは……なかなかに美味《びみ》ですな！　これはどんな食材でしょうか？」

「チョウザメっていう魚の卵を徹底的に不純物を取り除いてから、塩水で味付けして熟成《じゅくせい》させるんだよ」

「ほうほうほう……魚の卵を……それにしても本当に美味しいです！　先ほど三大珍味と言っていましたが、他には何があるのですか？」

身を乗り出して聞いてくるブルオン。

「フォアグラとトリュフって言って、フォアグラはガチョウやアヒルっていう鳥に餌《えさ》をたくさん与えて太らせたものの肝臓《かんぞう》だね。自分は内臓とか苦手なんだけど、このフォアグラは美味しく食べられるんだ。ガチョウのフォアグラが本当に美味しくて、文字通り濃厚で口の中でトロッととろけるんだよ。それが美味しくてね～」

それを聞いてゴクリと喉を鳴らすブルオン。

「そ、それは食べることは可能でしょうか⁉」

「残念だけどフォアグラは持ってないんだ。あ、でも……」

フィランデ王国で攻略したダンジョン、ラフティア牧草原。あそこは肉ダンジョンって呼ばれてるし、もしかしたら近い味わいのドロップ品を残す魔物がいるかもしれない。

「どこかでフォアグラを手に入れられたらご馳走するよ」

「是非是非お願いします‼　それで……もう一つの珍味は何でしょうか？」

「トリュフといって地中に埋まっているきのこで、香りがかなり強い食材だね。食べた人によってどう感じるかは違うけど……個人的には、深緑の極上のスパイスって感じかな。トリュフには黒トリュフと白トリュフっていうのがあってね、黒トリュフも高級食材なんだけど、白トリュフの方が希少で価値があるんだよね」

「なるほどなるほど……そのトリュフというのは？」

「残念だけどそっちも持ってないんだよね」

「そうですか……」

非常に残念そうにするブルオン。それから食べ物の話に花を咲かせていると、時間はあっという間に過ぎた。

俺は眠くならないけど、さすがにブルオンは酔いが回ってきたのか、眠そうにし始めたのでお開きとなった。

翌日、ディダルーからの返事を待つ間、俺はシャンダオの首都グアンマーテルを散策することにした。

昨日も思ったが、さすがは商人の国だ。

首都には世界中から品物が集まって本当になんでも売っている。ここで手に入らないものはないと言っても過言ではないだろう。

「しかし、本当に人がたくさんいるなぁ」

エルフやドワーフ、獣人など、多種多様な種族が入り乱れて往来している。

見ているだけで楽しいのだが、人の多さに若干疲れてきたから、どこかのお店に入って休憩《きゅうけい》しようかな。

どこか良いところがないか探していると、テラス席のあるカフェを見つけた。そこそこお客さんが入っている人気のお店のようだ。

まずは店内に入ってみる。

「いらっしゃいませ！」

若い男性の従業員が元気よく声をかけてきた。

「すみません。外の席で食事がしたいのですが」

「はい！　ではお席にご案内いたします！」

従業員に連れられて、外の空いてる席に案内してもらう。

「お客様、カピィとサディッチはいかがでしょうか？」

どちらも聞いたことがないものだ、せっかくだからそれにしてみようか。

「じゃあそれを貰おうかな」

「ありがとうございます！　六十ドラルになります！」

ポケットに入れておいたお金を取り出して渡すと、受け取った従業員は急いでお店の中に戻っていく。

「すぐにお持ちいたしますね！」

それから少しして、トレーを持って戻ってきた。

「カピィとサディッチになります！」

店員がそう言って俺の前に置いたのは、どう見てもコーヒーとサンドイッチだった。この国ではそういう呼び方をしているのだろうか。

もしかして味が違うのかと思って食べてみるが……カピィはまさにコーヒーの味だし、サディッチは紛《まご》うことなきBLTサンドだ。

まぁ、普通に美味しいからいいんだけど。

サディッチを平らげた俺は、カピィを飲みながら通りを眺めてのんびり過ごす。

喧騒を聞きながら雲がゆっくり流れる空を眺めていると、近くの席の会話が聞こえてきた。

「そういえば人魚が現れたって聞いたんだけど、お前知ってるか？」

「人魚？　それは珍しいことだな。捕まえたのか？」

「いや、それはわかんないけど見てみたいな。海のエルフって言われるくらい美男美女って聞くしな」

人魚か……

地球でも人魚伝説は聞いたことがある。人魚の血肉を食べれば不老不死になるとかそんなのだ。

この世界の人魚はどうなんだろうか。人魚伝説とかもありそうだよな。

ちょっと気になりつつ、かといって彼らに声をかける気もないので、カピィを飲み干した俺は席を立った。会計は済んでいるからそのまま店を離れる。

それから日暮れ近くまで周辺をブラブラして、ブルオンの邸宅に戻った。

ドアノッカーをガンガンと叩くと、使用人のモリスが出てきて迎え入れてくれた。

しかし屋敷の中に、昨日はなかった強者の気配がある。ブルオンのお客さんだろうか。

昨日の部屋まで案内してもらった俺は、ソファーに座って寛ぐ。

ディダルーの件は返事があったのだろうか。来客が帰ったら聞いてみるかな。

そう思っていると、ドアがノックされてブルオンが入ってきた。

その横には、以前会ったディダルーの護衛であるギーアがいた。

「お久しぶりです、リョーマ様！」

ギーアは跪《ひざまず》きそうな勢いで畏《かしこ》まって挨拶をする。

「お久しぶりです、ギーアさん。今は身分を隠して来ているのでタロウと名乗ってます。なのでタロウって呼んでください」

「こ、これは大変失礼いたしました！　申し訳ございません！」

深々と頭を下げるギーア。

「あ、頭を上げてください！　とりあえず座ってお話をしましょう。どうぞおかけになってください」

ブルオンとギーアは言う通りにしてソファーに座る。

俺はインベントリから二人分のジュースを出してコップに注ぎ、二人の前に置く。

ブルオンがジュースを凝視し生唾《なまつば》を呑《の》む一方、ギーアは緊張しているようでぎこちない様子だ。

「ギーアさんが来たということは、自分の手紙は無事にディダルーさんに届いたんですね」

「はい。タロウ様がグアンマーテルにいることにすごく驚いていました。いつこちらにいらしたのですか？」

「昨日ここに到着しました。それでブルオンさんの助けを借りてディダルーさんに手紙を送った次第です。まさかすぐにギーアさんに会えるとは思いませんでした」

俺はハハハと笑う。

「ディダルー様が直接ここに来られたら良かったのですが、いろいろと事情がありまして、自分がご挨拶に伺《うかが》いました。明日、ディダルー様のところにご案内できますが、タロウ様のご都合はいかがでしょうか？」

「自分は大丈夫です。できれば早い方が良いので、是非明日よろしくお願いします」

「かしこまりました。では明日、改めてお迎えに上がります」

とりあえず話はまとまる。

「話が一段落したところですし、乾杯しましょう！」

待ってましたっと言わんばかりにブルオンはジュースの入ったコップを手にする。

「それもそうですね。乾杯しましょう」

「ではお言葉に甘えて……」

俺はそれに同意してコップを持ち、ギーアも緊張しつつも表情を柔《やわ》らかくして、コップを手に取る。

そんな中、ブルオンが張り切って乾杯の音頭《おんど》を取って、恭しくコップを掲げた。

ジュースを飲みたいという魂胆《こんたん》が全身から滲《にじ》み出ていることに俺は少し苦笑いする。

ブルオンはごくごくと味わいながら一気に飲み干し、いつものようにおかわりしたそうにチラチラと俺を見ている。一方でギーアは、初めて口にする異世界のジュースに心を奪われていた。

それから軽く歓談をして、ギーアは帰っていった。

ブルオンも仕事があるということで部屋を出ていく。

一人になった俺は、ベッドに横になる。

「あ、人魚のこと何か知ってるか聞いてみようと思ったけど、すっかり忘れてたな……。まぁ今度聞いてみたらいいか……」

特に急ぐわけでもないし、と俺は目を瞑《つむ》るのだった。


次の日、予定通り昼過ぎに、ギーアが迎えに来た。

「それではギーアさん、よろしくお願いします」

「はい。ではディダルー様のところへご案内いたします」

あまり目立たないように馬車は使わずに徒歩での移動だ。

高級住宅街を抜けて人通りが多い中心街に移動する。

しばらくギーアの後をついていくと、裏路地にあるひっそりとした建物に着いた。

建物の中に入ると、隠れた酒場のようで、お客さんは一人もいなくてカウンターの中に店主と思《おぼ》しきおじさんだけがいた。

彼はチラッと俺達を見るが、すぐに手元のグラスに視線を落とす。

「タロウ様、少々お待ちください」

ギーアはその店主のおじさんのところに行き、コソコソと何かを伝える。店主が頷くとギーアは俺のところに戻ってきた。

「こちらです」

俺はギーアと一緒にカウンターの中に入り、見えないように隠されていた地下への階段を降りた。

ここは前に密会をしたような隠れ家の一つなのだろう。

しばらく階段を降りていくと通路があり、その奥にドアが一つあった。

ドアの前に立つとギーアが中に合図をし、ドアを開けた。

部屋の中は落ち着いた雰囲気で、テーブルと椅子が二脚、壁には絵画が飾られていて仄《ほの》かにお香のいい匂いがする。

「お久しぶりです、タロウ様」

そう言って椅子に座っていた男——ディダルーが立ち上がると深々と頭を下げてきた。

俺が偽名を名乗っていることはギーアから聞いたのだろう。

「ディダルーさん、お久しぶりです。急な来訪なのに対応してくれてありがとうございます」

「いえいえ！　タロウ様のためでしたら最優先にやらせていただきます。さぁさぁ、どうぞおかけになってください」

促されるがままに俺が椅子に座ってから、ディダルーもテーブルを挟んだ向かいの椅子に座った。

ギーアは一礼すると部屋を出ていった。気配はドアの前にあるからそこで密談が終わるのを待っているのだろう。

ドアが完全に閉まると、さっそくディダルーが口を開く。

「ご活躍《かつやく》はここまで聞こえてきました。獣人の守護者になられたこと、誠におめでとうございます」

そう、俺はアルガレストの麻薬問題を解決して獣人を解放したことで、闘争と勝利を司る神であるタウタリオン様から、獣人の守護者の称号を貰ったのだ。

「ありがとうございます。大勢の獣人達の運命を背負うのは責任重大で、自分にちゃんと務まるのか不安はありますが……彼らの守護者になった以上は運命を共にしたいと思ってます」

「さすがは使徒様です！　私にできることがございましたらなんでもお申し付けください。微力ではございますが尽力いたします」

「ありがとうございます。ディダルーさんに助けていただけたらすごく心強いです」

まずまず和やかな雰囲気で話をする。

さて本題を話そうと俺が真顔になると、ディダルーも雰囲気が一変した。

「獣人の守護者のことをご存知なら事情も知っていると思いますが……前回の密会からノリシカ・ファミルについていろいろ調べた結果、俺はアルガレストの惨状に辿《たど》り着きました」

あの惨状を思い出すだけで、思わず怒りがこみ上げてきた。

俺は慌てて怒りを抑えるが、わずかに滲み出る俺の魔力にディダルーは真っ青になり、ギーアは慌てて部屋に入ってきて主人であるディダルーを守ろうとした。

「……すみません。少し興奮してしまいました」

落ち着いて魔力を抑えると、ディダルーとギーアはあからさまにホッとする。

ギーアは深々と頭を下げて部屋を出た。

「それでアガレストに蔓延《まんえん》していた麻薬ですが、販売していた組織を調べたところ、ノリシカ・ファミルの影があることがわかりました」

「……やはりそうでしたか。奴らは悪辣《あくらつ》で残忍で狡猾《こうかつ》です。野放しにはできません」

今度はディダルーが拳を強く握り怒りを露《あら》わにする。

俺は頷き、言葉を続ける。

「ノリシカ・ファミルの人間と接触する機会があり、話をしました。奴らは麻薬で獣人を操り、大きな事件を起こそうと危険な計画を企てていたようです。そして俺がアルガレストから麻薬を一掃《いっそう》し、獣人の守護者となったことで計画が潰《つい》えたからか、今度は俺の身内を襲ってきたのです……犠牲者も出ました」

「なるほど……それは由々《ゆゆ》しき事態ですね」

ディダルーは憤《いきどお》りを隠せていない。

「自分としても到底見過ごせない事態になったので、ノリシカ・ファミルを打倒することにしました。なのでディダルーさんにはそのことを伝えたかったのと、協力をお願いしに来ました」

「私としては願ってもないことです!!　ようやく念願を叶《かな》えることができます」

「ええ。ですのでまずは陸運の巨人ベンジャーノに会ってみたいと思います。ディダルーさんが前に言っていましたが、その人が本当にノリシカ・ファミルのボスなのか見極めたいです」

「そうですね……ベンジャーノと会うとなりますと、使徒リョーマ様として、公《おおやけ》にシャンダオを訪れていただくのが良いと思います。側近の私でもなかなか会えないベンジャーノですが、それなら国の顔役の一人として対応せざるを得ませんから……そうですね、ちょうどシャンダオで特別なオークションが行われる時期です。それに参加するというのはどうでしょうか？」

「確かに、使徒の立場を利用するのが一番てっとり早く面倒がないですね。それにオークションですか……良いですね、それ！」

オークションか、どんなものが出品されるんだろうか。

「では俺は一旦フィランデ王国に戻ることにします。ディダルーさんは、俺がシャンダオに来るという噂《うわさ》をそれとなく流してもらえませんか？」

「かしこまりました。お任せください」

ディダルーは笑みを浮かべて頷く。

と、俺はふと気になったことを聞いてみる。

「そうだ、ディダルーさん。ノリシカ・ファミルの本拠地とか、シャンダオで怪しい動きがないかとか、何か情報はありませんか？」

「私の方でも長年調べていますが、情報を掴《つか》んでも霞《かすみ》のごとく消えてしまうのです。相当警戒心が強いようですね」

「そうですか……それではまずはベンジャーノですね」

諸々《もろもろ》の計画を話したところで、密会は終わった。

俺がディダルーに別れを告げて一人で部屋を出ると、ドアの前にはギーアが待機していた。長いこと話をしていたのだが、ずっとドアの前にいたのだ。

「タロウ様、お送りいたします」

一緒に階段を上がりカウンターの中に出る。

けっこう時間が経ってるはずだが、店内は誰かが来た形跡《けいせき》はなく、お客さんは相変わらず一人もいない。カウンターにいるおじさんは軽く会釈をする。

俺とギーアは酒場を出て裏路地から通りに出た。

「ここまででいいですよ。一人で帰れますので」

「かしこまりました。本日はありがとうございました」

ギーアは軽く頭を下げ、俺はそれに手を上げて応えて別れた。

日が暮れ始めているけど通りは人がまだ多く、うるさいくらいに賑やかだ。

そんな人々を縫《ぬ》うように避けてブルオンの家に向かった。

ブルオンの家に戻ってきた俺は、出迎えてくれたモリスに尋ねる。

「ブルオンさんは帰ってきてますか？」

「はい。先ほど帰宅されました。お呼びいたしますか？」

「いえ、ブルオンさんのところに案内お願いします」

「かしこまりました」

ブルオンは書斎《しょさい》にいるということで案内してもらった。

書斎の前に到着してモリスはドアをノックし、中にいるブルオンに俺がいることを伝える。

するとドスドスドスと慌てて近付いてくる足音が聞こえ、ドアが開けられると満面の笑みのブルオンがいた。

「タロウ様！　お帰りになられていましたか！　どうぞどうぞ中へ！」

書斎の中に入れてくれた。

魔道具の明かりで部屋の中は明るく、壁には本棚があり、側に丸テーブルと一人がけのソファーが二つあった。本棚には高そうな装飾の本だったり、高そうなお酒や装飾品だったりが飾られている。

書斎の奥の方にはブルオンの体格に合わせて作られたのだろう立派な机と椅子があり、本や書類が積まれていた。

「仕事中にごめんね」

「いえいえ！　ちょうど切り上げようと思っていたところです！」

言い終えるタイミングでブルオンのお腹が豪快に鳴る。

「いやはや、お恥ずかしい……」

少し恥ずかしそうにお腹を擦るブルオン。

「どうぞおかけになってください！」

ブルオンが示した本棚の近くにあるソファーへ座ると、体が沈むほどにふかふかで気持ちいい。

ブルオンが座ったもう一つのソファーの方は、ギシギシギシと軋《きし》んでいた。

「お陰様でディダルーと話ができたよ。本当にありがとう」

お礼のために軽く頭を下げた。

「あ、頭を上げてください！　タロウ様のお役に立ててこの上なく光栄です！　これからも何なりとお申し付けください！」

張り切るブルオン。頼もしい限りだ。

ブルオンは商人であり、儲けのためならいろんな意味で計算もするだろうが、俺に対しての彼の言葉は、どれも計算ではなく本心のように感じられた。

ブルオンと知り合えて良かったと、なんだか嬉しくなる。

「そうそう、俺は一旦フィランデに帰ることになったから、お世話になったお礼が言いたかったんだ。ブルオンがいなかったらディダルーに会うのも大変だったと思う。君と知り合えて本当に良かった。ありがとう」

「ッ!!　もったいないお言葉……タロウ様にそう言っていただけて大変光栄です!!」

ブルオンは目に涙を溜《た》めて喜びに体を震わす。今にも跪きそうな雰囲気だ。

「俺はもう行かなきゃいけないから、みんなでこれを食べてよ。また来るからよろしくね」

スマホを出して妖精の箱庭を開き、妖精達が作っていた料理を出す。

「これは妖精達が作ったすごく美味しい料理なんだよ」

小さな妖精が作ったから量もそんなに多くないと思うかもしれないが、しっかりと人間が食べて満足する分量がある。

テーブルに並ぶその料理の数々にブルオンは目を見開き、涙は一瞬で引っ込んだ。

美味しそうに盛り付けられた野菜の料理を凝視し、ヨダレが零《こぼ》れそうになっている。

「……独り占めしないでよ。たくさんあるから」

「も、もちろんです！　家族といただかせてもらいます！」

冗談で言ったのに、慌てるのが怪しくて思わずジトッと見てしまう。

ブルオンが壁にある鈴《すず》を鳴らすとすぐにモリスが部屋に来る。

ブルオンは妖精の料理を丁重に運ぶように指示し、今日の夕食に出すように言っていた。

「さて、俺はそろそろ行くよ。今度はゆっくり遊びに来るね」

「はい！　お待ちしております！」

挨拶も済んだところで、ブルオンの邸宅を後にする。

外はすっかり暗くなり、高級住宅街の人通りもまばらだ。

それでも中心街の方に行けば、夜もやっているお店で人通りは賑やかで、酔っぱらいの姿も多く見かける。

俺は人目につかないようにスキルの隠密を発動し、人気《ひとけ》の少ない裏路地に入ってスマホを出すと、アプリの転移門を起動した。

転移門は地図アプリと連動していて、地図に位置情報を登録しておけば、いつでものその場所に行き来できる便利な機能だ。

サンアンガレスの自分の家、その執務室を選んだ俺は、そのまますぐに転移した。

帰ってきたことを知らせるためにインベントリから魔法の鈴を出そうとしたところ、ふわっと柔らかな光とともに、大天使のルシルフィアが現れた。

「おかえりなさいませ、リョーマ様」

「ただいまルシルフィア。スレイルとミアは？」

「スレイル様は能力を万全に扱えるようになるため、私の結界の中で修練中でございます。ミア様はすでに就寝しております。スレイル様をお呼びいたしますか？」

「う〜ん……頑張ってるならいいよ」

二人の様子を聞いてなんだか落ち着く。

改めてインベントリから魔法の鈴を出して鳴らすと、間もなくしてサンヴァトレが執務室に来た。

この魔法の鈴はサンヴァトレが付けているピアスと連動していて、鈴を鳴らすとサンヴァトレのピアスに合図が送られるという仕組みになっている。

「おかえりなさいませ、リョーマ様」

「ただいま。疲れたから大浴場に入りたいんだけど、今入れる？」

「はい。ただちにお着替えをご用意いたします」

サンヴァトレが執務室を出てしばらくすると、着替えの用意ができたということで大浴場に向かう。

ルシルフィアも俺の背中を流すからと言ってついてきている。

脱衣所で衣服を全部脱ぎ捨てて大浴場に入り、掛け湯をしてさっそく湯船に入る。

「うぁ～」

お湯の熱さがちょうど良く、癒《い》やされる。

ルシルフィアも服を脱いで掛け湯をして入ってきた。

当然彼女も裸なのだが、使徒になったことで性欲がかなり薄《うす》まってしまったから欲情することはない。

二人で気持ちよく湯船に浸かる。

「スレイルとミアはちゃんとお風呂に入っている？」

「はい。二人はお風呂が好きなようで、毎日入っていますよ。スレイルはいつもスイスイ泳いだりしてますよ」

「アハハ、相変わらずだな〜」

湯船の気持ちよさも相まって和み、自然と笑みが浮かぶ。

「リョーマ様の方は順調ですか？」

「うん。三日前にシャンダオの首都のグアンマーテルに到着して、ブルオンに手伝ってもらってディダルーに会うこともできたよ」

「さすがリョーマ様です。今後はどうされるのですか？」

「ひとまずディダルーと協力してノリシカ・ファミルを追うことになった。それから今回はディダルーと密《ひそ》かに接触するために身分を隠してグアンマーテルに潜入《せんにゅう》したけど、次は使徒として正面から向かう。ベンジャーノに会うためにね」

「ディダルーの話によればベンジャーノこそがノリシカ・ファミルのボスということですからね」

ルシルフィアの言葉に俺は頷く。

「もしそれが本当だとしたら、シャンダオにとっては大きな問題だよ。ベンジャーノが消えたらシャンダオは大きな混乱が起きるはずだからね。ノリシカ・ファミルを完全に潰すとしても、慎重に行動しないと」

「そうですね。シャンダオのトップの一人として、ノリシカ・ファミルのボスとしてどれほどの力を持っているのか計り知れません。不測の事態になることも十分考えられますので、その時は私やスレイルを呼んでください。必ずリョーマ様のお力になりますので」

「ありがとう。頼りにしてるよ……ふ～」

湯に火照《ほて》った体を少し冷やすために湯船から上がる。

「お背中お流しします」

俺はルシルフィアに背中を流してもらってから風呂を出る。

俺の脱ぎ捨てた服はサンヴァトレが回収したのだろう、新しく置かれた綺麗な服に袖を通した。

さっぱりして私室に戻ると、金の装飾が施されたキッチンワゴンを引いて、サンヴァトレが入ってくる。

「お夜食のご用意をいたしました。お召し上がりになりますか？」

「ありがとう！　いただくよ」

キッチンワゴンにあった料理やお酒がテーブルに並ぶ。ちゃんとルシルフィアのぶんもある。

俺とルシルフィアは席について夜食を食べながら、これからのことについて話し合った。

翌日、朝早くにスレイルとミアが俺の寝室に入ってきて抱きついてくる。二人はルシルフィアから俺が帰ってきたことを聞いたらしい。

「お兄ちゃんおかえり！」

スレイルは俺が帰ってきたのがすごく嬉しそうだ。

「リョーマお兄ちゃん、おかえりなさい」

ミアは使徒である俺にまだ緊張している様子だけど、それでもスレイルの服の裾を掴みながらちゃんと挨拶してくれる。

「二人ともおはよう。勉強頑張ってる？」

可愛い弟と妹のような二人の頭を撫でながら聞く。

「頑張ってるよ！」

「頑張って……ます」

スレイルはニコッと満面の笑みで答え、ミアは勉強が少し苦手なのか耳が少し下向きになっている。

「お兄ちゃん、ご飯食べよう！」

スレイルは俺の手を引っ張ってベッドから出そうとする。ミアもスレイルの真似をして一生懸命《いっしょうけんめい》もう片方の俺の手を引っ張ってきた。

「はは、わかったよ。それじゃあ一緒に行こう」

三人で食事室に行くと、タオルクとルインがいた。

「お？　シャンダオに行ったんじゃなかったのか？」

「忘れ物でもしたッスか？」

タオルクはワインを飲みながら、ルインはキョトンとしながら言う。

「もう行ってきたよ」

俺がそう言うと二人は驚愕の表情を浮かべた。

まぁ、普通に往復しようと思ったら月単位でかかる距離だ。二人の反応ももっともだろう。

納得した俺は、一旦帰ってきたけどもう一度シャンダオに行くことを話した。

二人とも「ほー」と頷いてるけど……ちょっとまだ混乱してるみたいだ。

「あれ、ところでロマは？」

「ロマはフェルメのところロッス！　一緒にご飯食べてるッスよ！」

「そうなんだ。フェルメの様子はどう？」

「う～ん、ロマが甲斐甲斐《かいがい》しく世話をしてるから、ロマには心を開いてきてるけど、俺とルインはもう少しってところだな」

フェルメは以前ノリシカ・ファミルの手勢に襲われて以来、すっかり心を閉ざしてしまっていた。

今はロマのおかげでだいぶ良くなってきてるみたいだけど……この調子で良くなってくれるといいな。

「そっか。みんながいるからきっとすぐ良くなるよ」

「だな」

「そうッスね……早く皆で仕事したいッス」

寂しそうにするルイン。

「お兄ちゃん、今日は何するの？」

スレイルはご飯をもぐもぐしながら聞いてくる。

「この後王宮に行くよ。国王様と話したいことがあるからね」

「話したいことがあるから、って会いに行けちゃうのが凄いよなぁ。普通、よほどの側近以外は事前に申請しないと会えないんだぞ」

呆《あき》れたように言うタオルク。

「リョーマは使徒様ッスからね！　王様にも簡単に会えちゃうんッスよ！」

自分のことのように自慢《じまん》げに言うルイン。

俺はそんなルインに苦笑いをする。

和やかに話をしながら朝食を終え、俺は一人執務室に向かう。

魔法の鈴でサンヴァトレを呼ぶとすぐにやってきた。

「お呼びでしょうか、リョーマ様」

「王宮に行きたいから馬車の用意をお願い」

「かしこまりました。ただちに手配いたします」

深くお辞儀をすると執務室を出ていくサンヴァトレ。

俺は国王様——ルイロ国王に面会するということで正装に着替えた。

実際のところ、使徒という立場は肩書だけで言えば一国の王より上だ。

だからといって、国王に会うのに礼を欠くわけにはいかないのだ。

着替え終わった俺は椅子に座り、机に置かれていた書類を確認しながらサンヴァトレを待つ。

ほとんどの書類は俺に会いたいという貴族の面会申請や招待状。後はアガレストに関する俺の決定が必要な書類などだった。

それらを処理すること三十分、サンヴァトレが執務室に戻ってくる。

「馬車のご用意ができました」

「ありがとう。今行くよ」

確認していた書類に署名をして、確認済みの箱に入れて席を立つ。

サンヴァトレと一緒に玄関に向かうと、俺専用の立派な馬車が停まっていた。

俺が乗り込むと馬車はさっそく動き出したのだった。


王宮に到着すると、王太子《おうたいし》のロディアが出迎えてくれた。

「ようこそお越しくださいましたリョーマ様！　どうぞ中へ！　ご案内いたします！」

「ロディア殿下《でんか》、お忙しい中お出迎えしていただきありがとうございます。突然のご訪問お詫《わ》び申し上げます」

俺は自分の非礼を詫びるために頭を下げる。

「あ、頭を上げてください！　リョーマ様は我が国最高の賓客《ひんきゃく》です！　いつ何時《なんどき》であってもリョーマ様のご来訪を歓迎いたします！」

ロディアが慌ててそう言う。

それから俺は、彼に案内されて王宮に入り、最高位の貴人《きじん》の間《ま》に移動した。

「ルイロ陛下はリョーマ様に謁見《えっけん》するために準備を行っております。大変申し訳ありませんが、今しばらくお待ちいただけますようお願い申し上げます」

「本当に迷惑をかけて申し訳ありません……」

国王にも今日の予定があっただろうに、急な来訪でスケジュールが変わってしまったかもしれない。

このお詫びは絶対にしないといけないな。

それに待っている間、ロディアが話し相手になってくれているが、これも贅沢《ぜいたく》な話だ。

王太子、つまり次期国王であるロディアとゆっくり話がしたい人は大勢いるだろうに、他愛もない雑談に付き合ってくれるのだ。

それほど大事にもてなされていることを実感する。

しばらくロディアと話していると、ルイロ国王の謁見の準備ができたという知らせが来る。

俺はロディアに案内されて、ルイロ国王がいる応接の間に向かった。

「使徒リョーマ様、ご到着！」

ロディアは中にいるルイロ国王に聞こえるように告げると応接の間の扉を開けた。

ルイロ国王は起立して俺を迎える。

「ようこそお越しくださいました、リョーマ様！　どうぞこちらへ！」

ルイロ国王自ら俺を席に案内してくれる。

俺が席につくとルイロ国王は俺に対面する席に座り、ロディアは国王の右隣に座った。

「今回も急な訪問、大変失礼いたします」

俺はまずは謝罪して頭を下げる。

「リョーマ様！　頭を上げてください！　我々はリョーマ様をいつでも歓迎いたします！」

「寛大なお心遣いに感謝します。このお礼は必ずさせてください」

「お礼だなんてそんな……。我々は当然のことをしているまでです」

にこやかに答えるルイロ国王。彼の穏やかな表情に、申し訳ない気持ちでいっぱいだった俺も安心する。一国の主としての器のでかさを感じる。

改めて俺はこの国が好きになった。

俺は気を取り直し、さっそく本題に入る。

「今回自分が国王陛下にお会いしに来たのは、ノリシカ・ファミルのことについてです」

そう切り出すと、物腰柔らかな雰囲気から一般して真剣な表情になるルイロ国王とロディア王太子。

一応ルイロ国王には、協力者に会いにシャンダオに行くことは話してあった。

しかしこの短期間でグアンマーテルまで行って戻ってくるとは思っていなかったようで、目を丸くしていた。

それからディダルーと話したことを――ベンジャーノがノリシカ・ファミルのボスであるという情報についても共有する。

「まさか……シャンダオの三豪商の一人、陸運の巨人ベンジャーノが、かの組織のボスだったとは……」

愕然とするルイロ国王に、俺は首を横に振る。

「その情報が真実かはまだわかりません。確認するためにも自分がシャンダオに行き、ベンジャーノに会って真偽を見極めたいと思います」

「そうですね……もしベンジャーノがノリシカ・ファミルのボスだった場合、シャンダオは大きく揺れるでしょう。それにあの国はメルギス大帝国に並ぶ大国。周辺国にも影響が出ることは十分に考えられます。我が国もそれは例外ではないでしょう……。我々も大事に備えておかねばなりませんね」

「巻き込んでしまい申し訳ございません……」

思わず俺がそう言うと、ルイロ国王は身を乗り出してきた。

「何をおっしゃいますか！　私は国家の主としてリョーマ様と運命を共にする覚悟です」

「ありがとうございます、ルイロ陛下。大きな混乱を避けるために、ベンジャーノに関することは今はまだ内密にお願いします」

「承知いたしました。それでシャンダオへはいつご出発になられるのですか？」

「明日には出発しようかと。今回はあえて時間をかけ、いくつもの都市を経由してグアンマーテルに向かいます。身分は一切隠さず、グアンマーテルのオークションに参加することを公表しながら移動しようと思ってるんです。オークションに自分の宝を出品すると喧伝《けんでん》しながら行けば、自分が使徒としてグアンマーテルに近付くのも不自然じゃないと思うので」

「なるほど！　それは名案ですね！」

「リョーマ様のお宝……とても気になります！」

ルイロ国王とロディア王太子はとても気になるようで目を輝かせる。

そうだ、せっかくならこの二人に、オークションに出す品物として問題ないか確認してもらう。

「一つはこれを出品してみようと思います」

俺はスマホのインベントリから、七色に輝く大きな宝石が嵌められた指輪を出した。

この指輪は妖精の箱庭産のもので、七色に輝く宝石は妖精の眼と呼ばれるアンフェルニアという宝石だ。妖精のみが持つ極めて希少なもので、この世界のことを検索できるアプリで調べても、これを所有しているのは三人しかいないという情報が出てきた。

そして地金は、妖精が精錬したフェアリープラチナを使っている。さらに妖精の手によって精密で美しく彫金《ちょうきん》までされている。

まさに至宝だ。

二人はこの指輪に見惚《みと》れる。

そして石のことや地金のこと、指輪を作ったのが妖精だと話すと、愕然としていた。

「す、凄い……本当にこれを出品なさるのですか……？」

「はい。使徒として半端《はんぱ》なものは出せないと思ったので、出品するならこれが最適だと考えました」

「大変なことになりますよ⁉　シャンダオのオークションは世界各地から有数の大富豪や王族などが参加します。この指輪を巡って争いが生まれるかもしれません‼　最悪の場合、戦争なんてことも……」

「そ、そんなまさか……」

ルイロ国王の目は冗談を言っている雰囲気は全くない。至って真剣だ。

その迫力に思わずたじろぐ。

「過去にも一つの宝を巡って戦争が起きかけたことがあります。その時は使徒のスメラギ様が間に入り危機は回避できましたが……リョーマ様、これは考え直した方が良いと進言いたします。所有されている世界樹の葉でも十分かと」

「世界樹の葉かぁ……」

たしかに、妖精の箱庭のアイテムボックスの中には世界樹の若葉がたくさんある。

ルイロ国王達にプレゼントしたこともある珍しいものではあるが、とはいえそんなので良いのかと考えてしまった。

ちなみに、出品しようと考えていた指輪はあと四個あるんだけど……黙っておこう。

うん、一応聞いておいて良かったよ。

それから俺達は、妖精達が作った他の装飾品などを出して、どれが出品するのに最適か三人で選ぶことに。

その過程で、ルイロ国王は王妃《おうひ》にプレゼントするためにネックレスを、ロディアは王太子妃のために腕輪を購入した。

プレゼントすると言ったのだが、買い取ると言って頑《がん》として譲らなかったので、二人合わせて一千万ビナスで売った。あまりにも安すぎると言われたが、これに関しては俺は譲らなかった。今までお世話になったお礼だ。

ただ結局、装飾品は良いものがなかなか見つからず、出品を見送ることにした。正確には、良いものがないと言うより、良すぎて出品できない、というだけだが。

「――じゃあ、さっき話に出た世界樹の葉を出品することにしますね」

「ええ、それがいいでしょう」

頷いてから、ルイロ国王が首を傾《かし》げる。

「他にも何か出品なさるのですか？」

「そうですね、一つだけだと寂しいので……シャンダオの首都に到着するまでに秘薬か何かを作ろうと考えてます。それを出品しようかなと」

「リョーマ様が作った秘薬ですか……それはまた凄そうですね。間違いなく大きな目玉になると思います。僭越《せんえつ》ながら、くれぐれも控えめになさるようにお願いします。その秘薬で争いが起きたなんてことになったら……」

目が据わるルイロ国王。

「わ、わかりました。なるべく抑えめにします……」

俺は思わず素直に頷いた。

ともあれ、これで俺の用事は終了だ。

忙しい二人をこれ以上拘束するのも悪いので、お暇《いとま》することにした。

「今日はお会いできて良かったです。お忙しい中、お時間をいただきましてありがとうございました」

「いえいえ、我々も有益な話を聞けました。ありがとうございます」

ルイロ国王はそう言って、懐から懐中時計を出す。それは前に俺がプレゼントしたもので、大事に使ってもらえているのがわかって嬉しかった。

「リョーマ様、この後はお時間はございますか？　もうすぐお昼ですし、ご一緒にいかがでしょうか？」

「良いのですか？　ご迷惑でなければ是非お願いします」

一緒に昼食を食べることになった俺達は、さっそく部屋を移動する。

食堂に向かうとしっかり俺の分の昼食も作られていて、豪華な昼食をご馳走になりながらいろいろ話をした。

楽しかった昼食の時間もあっという間に過ぎ、俺はルイロ国王とロディアに挨拶をして、王宮を後にするのだった。


帰宅した俺は執務室に向かうと正装から着替えて、椅子に座ってようやく一息ついた。

インベントリから魔法の鈴を出してチリンと鳴らすと、すぐにサンヴァトレが執務室に来る。

「お呼びでしょうか」

「タオルクとルインを呼んで来てもらっていい？」

「かしこまりました」

サンヴァトレは俺の指示に従い二人を呼びに行く。

俺は残っている書類を確認しながら待った。

「タオルク様、ルイン様をお連れしました」

どうぞと声をかけると二人は執務室に入ってくる。

「ふぁ～、話ってなんだ？」

眠そうにあくびをして目尻に涙を浮かべるタオルクが気怠《けだる》そうに聞く。

「二人とも、今は特に何かやってることはないでしょ？　それなら一緒にシャンダオに行かない？」

「はぁ⁉　マジで言ってるのか⁉」

「えええええ⁉　どういうことッスか⁉」

タオルクとルインは驚きに声を上げる。

「フェルメはしばらく療養《りょうよう》しないといけないし、ロマは心配してつきっきりでしょ？　その間二人は暇だろうし、一緒にどうかなって思ってね。シャンダオで大きなオークションに参加するんだけど、面白そうじゃない？」

オークションと聞いてタオルクは考え込む様子を見せる。

しかし目の奥はキラキラしていて、面白そうだと思っているのを如実《にょじつ》に物語っていた。

「お金は俺が出すからさ。もしかしたら凄いお宝が手に入るかもしれないよ」

「お宝ッスか⁉」

ルインは目を輝かせる。

「本当に費用はリョーマが持ってくれるんだよな？」

「もちろん！」

タオルクとルインはニヤリと笑みを浮かべて答えた。

「「行く‼」」

第2話　たまにはまったりとした旅路を

翌日の昼過ぎ。

玄関前には俺専用の豪勢な馬車が停まっていた。

そして普段の冒険者の格好とはまた別の、身なりを整えたルインとタオルクが馬車に乗る。

「いってらっしゃいませ、リョーマ様」

「いってらっしゃい、お兄ちゃん！　次は絶対連れてってね！」

「いってらっしゃい、です」

「リョーマ、ルイン、師匠いってらっしゃい！　フェルメが元気になったら今度はみんなで一緒に行こうぜ！」

「お気をつけていってらっしゃいませ」

ルシルフィア、スレイル、ミア、ロマ、サンヴァトレが見送ってくれる。

「みんな行ってくるよ。お土産《みやげ》買ってくるからね」

挨拶をして俺も乗り込むと馬車は出発した。

そうして馬車に揺られること約二十日、いろんな町や都市を経由して、俺達はフィランデ王国の辺境都市、ミルデンに到着した。

まずは宿の確保だ。

この街一番の宿をルインが聞いてきてくれて、俺達はそこに向かった。

到着したのは中央通りに面する五階建ての大きな建物。地球で言うバロック建築風の、芸術的で仰々《ぎょうぎょう》しく重厚感あるホテルだ。

ホテルの入り口前に馬車が停車し、俺は目元を隠す仮面を装着してタオルク、ルインと一緒に降車する。今回は身分を隠さないからいつものローブは着ていない。

ロビーは華美な装飾で、かなり高級感がある。

俺はそのままカウンターに向かい、手続きを行った。

「いらっしゃいませ」

カウンター内にいる整った顔立ちの男性の従業員が頭を下げる。

「一番いい部屋を、二日間お願いします」

特に急いでいるわけでもないので、ここでいい部屋でゆっくりしようと思ったのだ。

「かしこまりました。恐れ入りますが、お客様のお名前を伺ってもよろしいでしょうか」

「リョウマ・サイオンジと申します」

俺はそう言ってポケットから使徒専用の冒険者証を出す。

この冒険者証はスマホ並みの大きさで、虹《にじ》色に輝く特殊な材質でできている。

俺の魔力に反応して登録されている情報が浮かび上がる仕組みで、さらに使徒同士の連絡のやり取りができるすぐれものだ。

初めて冒険者登録した時に一瞬で使徒ということがバレて、冒険者ギルド創設者でもある皇が用意してくれたんだよな。

受付の男は俺が名乗った名前と、さらに使徒専用冒険者証に浮かび上がる俺の情報を見て仰天《ぎょうてん》していた。

「しょ、少々お待ちください!!」

受付の男は慌てて奥に行ってしまった。

少しすると、白髪《しらが》交じりの黒髪オールバックで口ひげが似合う、気品を感じる壮年の男が、急いで受付に戻ってきた。

「大変お待たせいたしました。私は支配人をしておりますガシュアと申します。当ホテル、グラーディアをご利用いただきありがとうございます。最上級のお部屋をご用意いたしましたので、是非そちらにご宿泊くださいませ。他にご用命がございましたら何なりとお申し付けください」

「ありがとうございます」

最上級の部屋は一泊三百万ビナスとのことなので、二日間の宿泊で六百万ビナスを支払う。

ここでは他のお客さんの目があるということで、支払いは別室に案内してもらうことになった。

席についた俺は、六十ハーデ——一本あたり十万ビナス、つまり金貨百枚分の価値がある金の延べ棒を積み上げる。

ガシュアは六十ハーデを丁寧にトレーに載《の》せて、一旦別室を出た。

普通の人間ならハーデがこんなに積まれるのを見ることなんてないだろうに、流石は超高級ホテルの支配人と言うべきか、慣れた様子だった。

お金を置いて戻ってきたガシュアは、俺達を最上階のフロアに案内してくれる。

最上階はフロアまるごとが一室になっていて、本来は王族が宿泊に使う部屋だという。

部屋の中に入ると広くて豪華な内装に、タオルクとルインは圧倒されていた。

ここに来るまで高級宿には泊まってきたけど、ここはその中でもかなり凄い。

五階建ての最上階だから眺めもすごく良い。

「気に入っていただけましたでしょうか」

「うん、すごく良いね。ありがとう」

俺が満足していることにホッとしたガシュアは、深く頭を下げて部屋を出た。

「本当にすげぇ部屋だな！　リョーマと一緒にいると金持ちになった気分だ」

タオルクは大きなソファーに深く腰掛けながら、ご満悦《まんえつ》の様子だ。

「ベッドがおっきいッス!!」

そう言ってベッドに飛び込んではしゃぐルイン。

この旅で一番楽しんでるのはルインだろう。どこへ行っても良い宿に泊まり、美味しいご飯を食べてすっかり贅沢に馴染《なじ》んでいる。

俺もソファーに座ってスマホを出し、インベントリからシャンパンを出す。

地球ではこういう感じのスイートルームだとウェルカムドリンクでシャンパンが飲めたりするから、セルフでやってみる。

「さ、乾杯しよう」

俺がそう言うと、タオルクとルインは大喜びする。

最高の空間で、街を見渡しながら乾杯する。素晴らしい贅沢だ。

その後は備え付けられているお風呂に順番に入り、夕方までのんびりしていると、豪華な夕食が運ばれてきた。

高級なお酒も選べて至れり尽くせりだった。

ちなみに、御者の人は使用人用の部屋でゆっくり休んでいる。こういうホテルの使用人用の部屋なので、なんだかんだでかなりいい部屋のはずだ。

夕食を食べ終わった後は各々寛いで過ごし……就寝の時にベッドが二つしかないからタオルクとルインはじゃんけんを行うことになった。

負けた方はふかふかソファーだ。

「「最初はグー、ジャンケンポン!!」」

両者の鬼気迫るじゃんけんの結果、負けたのは……

「うあああああああああ!!」

ルインは拳を強く握り心底悔しがる。

「わりぃな～」

タオルクは意地悪な笑みを浮かべると、パーを見せびらかして勝ち誇る。

そして一切遠慮《えんりょ》することなくベッドに飛び込んだ。

ルインは恨《うら》めしそうに見ていたが、ソファーに寝っ転がると気持ちよさそうに目を瞑る。

かなり良いソファーだから寝心地も良いのだろう。

俺ももう一つのベッドに横になるのだった。

次の日、タオルクとルインは宿が用意した朝食を食べると、街へ遊びに行った。

俺はというと、部屋に残ってソファーに寝っ転がってラノベを読む。

もうそろそろ昼かなと一旦ラノベを閉じてインベントリにしまったところで、誰かが部屋に近付いてくる気配に気付いた。

この気配はタオルクやルインのものではなく、この宿の支配人のガシュアだ。

ガシュアは部屋のドアの前で止まるとノックする。

「ガシュアです。使徒リョーマ様にお手紙が届いております。入ってよろしいでしょうか」

「どうぞ」

入室を許可すると、かなり畏まった様子で入ってきた。

「お寛ぎの中失礼いたします」

ガシュアはそう言って深々と頭を下げる。

そして跪いて、恭しく手紙を差し出してきた。

俺は手紙を受け取り、封を解いて手紙を読む。

差出人はこの辺境都市ミルデンの市長であるアントワルという人だった。

要約すると、俺に是非謁見したいということだった。

身分を明かして旅をしている以上、そういう人達から挨拶したいと求められるのは覚悟の上だったし、ここまでも何度かあったけど、めんどくさいのが正直なところだ。

誰か代わりに行ってくれないかな……

とはいえ無視するわけにはいかないから重い腰を上げる。

「この手紙を届けてくれた人はまだいますか？」

「はい。一階でお待ちになっております」

「では……」

俺はスマホを取り出すと、インベントリから紙とペンを出す。そして『夕刻に伺う』と書いたそれをガシュアに渡した。

「これをその人に渡してください」

「かしこまりました」

ガシュアが大事そうに手紙を懐にしまったところで、ドアがノックされる。

「リョーマ様、ご昼食をご用意いたしました。中へお運びしてよろしいでしょうか‼」

どうぞと返事をすると、二台のキッチンワゴンにたくさんの美味しそうな料理が載せられて運ばれてくる。

「では失礼いたします」

ガシュアは入れ違いで部屋を出ていった。

テーブルには俺一人のために十数種類の料理が並ぶ。

料理を運んでくれた人はそのまま給仕係となって料理を取り分けてくれたり、お酒を注いでくれたりする。

当然、たくさんある料理全部を食べられるわけもなく、半分以上は残してしまった。どうしても勿体《もったい》なく感じてしまうが、歓迎のためにもこういうスタイルになると言われて以来、できるだけ気にしないようにしている。

昼食を食べ終わると、給仕係の人達は料理を下げて部屋を出ていった。

一人になってようやく落ち着き、ソファーに深く腰掛ける。

三時ぐらいまでダラダラ過ごし、そろそろ出かける準備をしようと着替えていたところ、ルインとタオルクが帰ってきた。

「ただいま」

「ただいまッス!!」

「二人ともおかえり。随分《ずいぶん》楽しんできたみたいだね」

タオルクとルインは妙にスッキリしたような雰囲気だ。

「あれ、どこか出かけるのか？」

「うん、この街の市長に呼ばれたから行ってくるよ」

「いつものやつか。ご苦労なこったな」

「はぁ……代わりに行ってきてくれない？」

「無理」

タオルクは嫌そうに答えるとソファーに寝転がった。

ルインの方を見るとサッと目を逸《そ》らされた。

まぁしょうがないとジャケットに袖を通し、目元を隠す仮面をつける。

「それじゃあ行ってくるよ」

「お～」

「いってらっしゃいッス!!」

一人、部屋を出て一階に降りる。

「リョーマ様」

受付の前にいたガシュアに声をかけられる。

そして彼の隣にいた、身なりの整った二十代半ばくらいの長身細身で切れ長の目の、白髪金眼の男が早足で近付いてくる。

「お初にお目にかかります。リョーマ様のお迎えに上がりましたハネスと申します」

ハネスはそう言って跪く。

「リョウマです。ハネスさん、よろしくお願いしますね」

ハネスは立ち上がり、三人でグラーディアを出る。

エントランスを出ると、装飾が施された馬車が停まっていて、ハネスは馬車のドアを開けて脇に控える。

「リョーマ様、いってらっしゃいませ」

ガシュアが深く頭を下げて見送ってくれるのに手を上げて応え、俺は馬車に乗った。

ハネスも馬車に乗ってドアを閉め、御者に合図を送ると馬車は発進した。

ただ、ハネスは口を開こうとせず、俺も特に話すことがないので黙ったまま。

馬車の中は沈黙で気まずかった。

そんな空気のまま十数分揺られ、馬車は二階建ての趣《おもむき》のある洋館風の大きな邸宅に到着した。

「リョーマ様、市長邸に到着いたしました」

馬車が玄関前に停まり、ハネスは馬車のドアを開ける。

すると玄関前に、小太りの正装の男が満面の笑みで立っていた。

俺は思わず、その男の頭を凝視してしまった。

明らかに不自然な黒髪のカツラだ……

俺の視線に気が付いていないのか、小太りの男は跪く。

「ようこそお越しくださいました。私はミルデンで市長をしております、アントワルと申します！　まずはご足労いただき誠にありがとうございます。使徒リョーマ様にお目見えできたこと、万感胸に迫る思いにございます!!」

「はじめまして。遊戯と享楽を司るメシュフィム様の使徒リョウマです。よろしくお願いします」

「ではどうぞ中へ!!　ご案内いたします!!」

恭しくもてなされ、俺は当たり障りがないように笑顔を作りながら接待を受ける。

夕食をご馳走になりながらダンジョンのガステイル帝国の攻略の話をすると、アントワルは食事を忘れて目を輝かせていた。

どこに行っても、ダンジョン攻略の話は喜ばれるな。

その後は少しお酒を飲みながら、街の情勢やアントワルの身の上話を聞いて会談は終わった。

「使徒リョーマ様とお会いでき、いろいろお話ができて幸甚《こうじん》の至り、一生の宝でございます!!」

ものすごく満足げのアントワル。

「こちらこそお会いできて良かったです。楽しい一時でした。それでは失礼します」

俺は軽く会釈をして、玄関前に停まっている馬車に乗った。

帰りの馬車は俺一人だ。

馬車が出発して数分。

「ふぅ～……疲れた……」

気が抜けた俺は、深く背にもたれた。

グラーディアに到着し建物の中に入ると、俺の帰りを待っていたのかガシュアが駆け寄ってくる。

「おかえりなさいませ。どうぞこちらを」

「ありがとうございます」

お礼を言って鍵《かぎ》を受け取った俺はまっすぐに部屋に戻る。

もう深夜だ、タオルクとルインは寝ているだろう。

鍵を開けて静かにドアを開き、音を立てないようにゆっくりと閉める。

ベッドには気持ちよさそうにむにゃむにゃと寝言を言ってルインが寝ていて、ソファーではタオルクがグゴーといびきをかいていた。

今日じゃんけんに負けたのはタオルクのようだ。

テーブルには空になった酒瓶がいくつもあり、タオルクの顔は少し赤くなっているから、酔っ払って寝ているのだろう。

俺は服を脱いでスマホのインベントリに仕舞い、空いてるベッドに横になった。


朝になり、ルインが起きてきたのと同時に俺も起き上がる。

「……リョーマ、おはようッス……」

まだ若干寝ぼけているようだ。

「おはよう。桶《おけ》に水を溜めてあげるから顔洗いな～」

「……はいッス」

俺はベッドを出て、二人が顔を洗えるように水魔法で桶に水を入れる。

ルインはもそもそと起き上がると、顔を洗ってトイレに行った。

タオルクはまだいびきをかいて寝ている。

そして朝食が運ばれてくるタイミングで、タオルクはようやく起き上がった。

「おぉ……頭痛え……」

二日酔いで体調はすこぶる悪そうだ。

「リョーマ帰ってきてたのか……」

「おはよう。朝ごはん来てるよ」

「おはようッス!!」

「ルイン……声抑えてくれ……頭に響く……」

タオルクは随分と気持ち悪そうだ。

「ほら、治してあげるからはやく朝ごはん食べよう」

神聖魔法でタオルクの二日酔いを癒やすと、みるみる顔色が良くなっていく。

「まじでありがとう。当分酒はいいや……」

そう言いながらテーブルに付き、朝食をむしゃむしゃと食べるタオルク。

そんな彼を見て、俺とルインは苦笑するのだった。

三人で朝食を平らげると出発の準備を始める。

「馬車の準備してくるッス!!」

ルインは一足先に部屋を出る。

タオルクはサッと体を拭いて着替え、まだ残っている高級酒の瓶を自分のアイテムバッグに入れていた。

俺も服を着替えて忘れ物がないか見て回り、目元を隠す仮面をつける。

「それじゃあ行こう」

「お～」

タオルクと一緒に部屋を出て一階に降りる。

一階に着くと、ガシュアが早足で近付いてきた。

「リョーマ様!!」

「ガシュアさん、二日間ありがとうございました。とても居心地がいい宿でした」

「リョーマ様にそう言っていただけるとは、人生で一番の感激です」

本当に嬉しそうで、目にうっすらと涙を浮かべる。

俺は鍵を返す。

「グラーディアをご利用いただきまして誠にありがとうございました!!　またのご利用をお待ちしております!!」

ガシュアと他の従業員達が深々と頭を下げ見送ってくれた。

宿を出ると玄関前に馬車が停まっていて、ルインが待っていた。

「お待たせ。それじゃあ行こうか」

「はいッス!」

俺達は馬車に乗り、御者に合図を送って出発する。

辺境都市ミルデンを出て数時間、スマホの地図を確認すると、いよいよシャンダオとの国境にやってきた。

しかし特に関所などなく、あっけない越境だった。

「シャンダオに入ったよ」

「お、ついにか」

「楽しみッスね!」

シャンダオに入国してすぐ、中隊規模の兵士達が俺の馬車に近付いてきた。

何事かと馬車を停車させて様子を窺《うかが》う。

その兵士達は俺達が乗る馬車の前で止まった。

兵士の中から階級の高そうな身なりの男が前に出てくる。

「我々は中央から派遣されて参りました!! そちらの馬車に使徒リョーマ様がお乗りになられているのはお間違いないでしょうか!!」

中央ということはシャンダオの中枢、国を担《にな》う三人のことだろう。

俺は目元を隠す仮面をつけて馬車を降りる。

「使徒は自分です。リョウマ・サイオンジです」

そう名乗ると、兵士達は一斉に跪く。

「使徒リョーマ様を護衛します、護衛隊隊長モランと申します!! 何卒《なにとぞ》よろしくお願いいたします!!」

「わかりました。では首都グアンマーテルまでよろしくお願いします」

俺が馬車に乗ると、護衛隊の兵士達が馬車を厳重に囲む。

「凄いことになったッスね……」

ルインはこの状況に驚きを隠せないでいる。

一方タオルクはというと、のんきに漫画を読んでいた……

兵士達に護衛されて一日半、ナレッリスという都市が見えてきた。

しかし、都市の方からなにやら異様な熱気を感じる気がするのだが……果たしてそれは、気のせいではなかった。

都市に入ると、大勢の衆人から熱烈な歓迎を受けたのだ。

通り沿いには俺を一目見ようと多くの人が集まっている。

「す、凄いな……」

これにはマイペースなタオルクもかなり圧倒されているみたいだ。

ルインなんて言うまでもない。

俺達が乗る馬車は兵士達に護られて、三階建ての立派な建物に到着した。

ルイン、タオルク、俺と順番に馬車を降りる。

「ここは？」

「使徒リョーマ様が快適にご滞在できますよう、館を準備しておりました。本日は是非こちらでお休みになられてください」

護衛隊長のモランが答える。

「ありがとうございます」

俺達は館の中に入った。

掃除が行き届いていて高級な家具が揃《そろ》い、壁には絵画や置物が飾られている。

部屋がいくつもあるから、各々部屋を決めて休むことにした。

客間で寛いでいると、モランが今後の行程について話したいことがあるとやってきた。

「明日には魔導飛行船が到着する予定です」

「魔導飛行船……ですか？」

「はい。陸路よりはるかに速く首都に到着します。是非空からシャンダオを見渡し、快適な空の旅を楽しんでいただけたら幸いです」

魔導飛行船まで出してきたことに意表を突かれて驚いてしまった。

まぁ、護衛する方の立場からしても、空から近道しちゃえば安全だし楽だろうなと考える。

魔導飛行船に乗れるいい機会だし、乗らせてもらおう。

モランが部屋を出た後、タオルクとルインを客間に呼んで魔導飛行船のことを話したら、案の定、仰天していた。


次の日、午前中はナレッツリスの市長と面会した後、街の有力者を集めての食事会が行われた。

午後にはナレッツリスを出発し、魔導飛行船が着陸しているという平原に向かう。

パッと見は普通の豪華客船のような感じで、普通の船が地上にあるようなかたちだ。原理は知らないが、魔力で推進力を生んで空を飛ぶのだろうか。

そしてその船の前では、制服を着た人達が整列していた。

近くまで馬車で行き、降りると整列していた人達が跪く。

「使徒リョーマ様にご挨拶申し上げます!!」

真っ白の生地に黄色い刺繍《ししゅう》が施されたトリコーン――いわゆる海賊《かいぞく》っぽい帽子を被った船長風の男が前に出て仰々しく頭を下げる。

「第一級魔導飛行船ソリアドの船長をしております、ホーンドと申します。使徒リョーマ様にお会いでき、最上の喜びです。ではさっそく船内へご案内いたします」

「はじめまして。リョウマ・サイオンジと言います。一つ聞きたいのですが、馬車は貨物として載せることはできますか?」

もし無理なら馬車とはここでお別れになる。俺専用に意匠《いしょう》が凝らされていてかなり目立つから、置いていくのも気が引けるが、載せられなかったら仕方ない。

だけど貨物としてちゃんと載せられるとのことで一安心する。

馬車は魔導飛行船の乗組員によって格納された。

俺達はホーンドに案内されて乗船する。

「この魔導飛行船ソリアドは全長二百三十メートル、全幅三十二メートルとなっております。全十層となっていて、客室数は三百室となっております。特別な式典などで王族の方々がご乗船される魔導飛行船です。この度は使徒リョーマ様をお迎えするために特別に運行されております」

船内を案内しながら説明してくれるホーンド船長。タオルクとルインはもう開いた口が塞がらないくらいに驚きを隠せないでいた。

「全ての客室が皇族・王族の方々をもてなすために特別室となっております。ではリョーマ様がご宿泊されますお部屋にご案内いたします」

魔導飛行船最上階層に向かう。

「この階層は皇族・王族よりも更に高貴な方――つまり使徒様専用の階層です。この階層が使用されたのは、この魔導飛行船が製造され運行開始されてから二回のみ。リョーマ様が三人目となります」

「その二回は誰が使用したのですか？」

「使徒スメラギ様と使徒ヒグチ様です」

皇さんと樋口さん――もう一人の日本人の使徒もこの魔導飛行船に乗ったのか。

「どうぞ中へ」

両開きの扉が開かれると、異次元の内装に思わず目が奪われた。

そこにあったのはちょっとしたホテルのロビーのような空間で、高級感に溢《あふ》れていた。

聞けば、寝室が十一部屋、大露天風呂と室内大浴場、プール、料理人常駐の食事室が五つ、遊戯室が六つ、他にもいろんな施設があるそうだ。

それ全部が使徒専用なんだから驚きだ。

「ではどうぞごゆっくりお寛ぎください」

ホーンドは深く頭を下げると、自分の持ち場に戻っていった。

フロアにいるのは俺達だけになった。

「うおおおおおおおお!!　すげえええええ!!」

「本当に凄いッス!!　一緒に来て良かったッス!!」

二人は大興奮で、子供みたいに各部屋を見て大騒ぎだ。

かくいう俺も心が躍っている。

タオルクとルインと一緒になってはしゃいだ。

そうこうしているうちに、魔導飛行船がわずかに揺れ始める。

『出発します。少々揺れますので手すりなどにお掴まりください』

伝音魔法でアナウンスされる。

少しして揺れが収まってきたので、俺達はテラスに出た。

魔導飛行船はどんどん上昇していき、地面が遠くなっていく。

「凄いッス!!　飛んでるッスよ!!」

「そりゃ魔導飛行船だからな。ロマとフェルメにも見せてやりたかったな」

「そうッスね……」

ルインは寂しそうにし、タオルクは遠くの空を見る。

俺もスレイルとルシルフィア、ミアを連れてきたかった。

「それじゃあ皆が乗れるように魔導飛行船買っちゃおっか」

なんて何気なく呟く。

「リョーマなら本当に買えちゃうかもしれないッスね!!」

「こんな凄いので帰ったら皆驚くぞ」

「たしかにね。びっくりさせるのも面白そう」

悪戯《いたずら》心が少し疼《うず》く。

まぁ、買ったとしてどこに置くんだって話ではあるんだけどね。

しばらく外を眺め室内に戻り、タオルクとルインは船内の探検に行った。

俺は外を展望できるラウンジみたいなスペースで、ソファーに座ってのんびり過ごす。

二人は夜になって戻ってきた。

魔導飛行船は雲の上、満天の空を眺めながら優雅に高級料理を食べ、お酒を飲んだ。

「大浴場もあるみたいだし入りに行こうよ」

「お、良いな！　酒も持っていこうぜ」

「空でお風呂ってなんか変な感じッスね！」

三人で大浴場に入りに行く。

大露天風呂と室内大浴場があり、俺達は大露天風呂の方に行った。

「はぁ〜……最高だな……」

「本当ッスね……」

煌《きら》めく星空のもと、開放感抜群の大露天風呂は本当に最高だ。

「リョーマ、日本酒もらっていいか？」

「良いよ。ルインは何飲む？」

「シュワシュワのお酒が良いッス‼」

「良いね、乾杯しようか」

手に刻印されている模様からスマホを取り出し、インベントリから日本酒とスッキリ甘口のシャンパンを出す。

タオルクは一人日本酒を飲んで赤ら顔になり、俺はルインとシャンパンで乾杯した。

妖精の箱庭で作られた料理も出して、それもつまみながらついつい長風呂してしまい、ルインは若干のぼせたようだ。

その後は軽く頭と体を洗い流し、脱衣所に戻ると、綺麗な下着とガウンが用意されていた。

俺達はそれに着替えて各々決めた寝室に行く。

どの寝室もキングサイズの大きなベッドでゆったりと寛げるようになっていて、少しずつ内装が違っている。

それぞれ好みの部屋を選んでいるので、これでゆっくり疲れが取れそうだ。

第3話　三豪商との邂逅《かいこう》

翌日、俺達は日が昇ってすぐに起き出していた。

朝日がまた美しく、ルインは大きく感動していた。

空は雲ひとつなく、シャンダオの広大な大地を見下ろせる。

大きな湖だったり、深い森林、大河、山脈など、いろいろ見どころがあり楽しめた。

前にグアンマーテルに行ったときは超高速飛行だったから、景色は瞬《またた》く間に流れていって、楽しむどころじゃなかったんだよな。

こうして改めて見ることで、いろいろ発見できて良かった。

楽しい空の旅はあっという間で、グアンマーテルが見えてきた。

『三時間で到着予定です』

そんなアナウンスで、名残惜《なごりお》しい気持ちになる。

「あれがシャンダオの首都か」

そういえば、グアンマーテルに着くまでにもう一つ出品するために秘薬か何かを作る予定なんだった。

すっかり忘れてた。

何かちょうどいい素材がないか、スマホを出してインベントリを開いて見てみる。

そうこうしているとあっという間に三時間が過ぎ、魔導飛行船はグアンマーテル内の飛行場に近付いていき——そこで俺はハッとした。

飛行場に、強大な気配がいくつも感じられたのだ。

タオルクとルインもその気配に気が付いているようで、次第に緊張感を露わにし、額に大粒《おおつぶ》の汗を滲ませる。

飛行場に着陸する頃には、強大なプレッシャーに耐えきれなくなったのか、タオルクとルインは顔を青くして呼吸がしづらそうだった。

俺が二人の肩に手を当て神聖魔法を発動すると、気配の圧迫感から解放されたタオルクとルインはホッと大きく息を吐き、穏やかな表情になる。

そこに船長のホーンドが近付いてきた。

「リョーマ様、出口までご案内いたします‼」

張り切った様子で笑みを浮かべるホーンド。

しかし俺はその場を動かなかった。

「ん〜」

こんな熱烈な歓迎を受けておいて、ただ魔導飛行船を降りるというのは面白くない。

何かお返しはできないだろうかと少し考えて……思いついた。

「いや、いいですよ。自分達はあそこから出るので」

俺は自分達がいる最上階フロアのデッキを指差す。

「タオルクとルインも一緒に行こう」

「お、おう」

「ど、どうやって降りるッスか……？」

タオルクは苦笑いを浮かべ、ルインは不安そうにする。

「俺達は俺達らしくね。二人とも笑顔をお願いね。ここは使徒らしく派手に行こうか」

俺はニヤッと笑みを浮かべて二人を連れてデッキに出る。

そして、魔力を少し解放した。

その瞬間、俺の魔力が飛行場一帯を包み込む。

タオルクとルインは俺の神聖魔法に包まれているから俺の魔力の影響はあまり受けていないだろうが、それ以外の人は俺の魔力に晒《さら》されることになった。

「それじゃあ行くよ」

念動魔法で二人を空中に浮かべ、俺はスキルの飛翔で浮かび上がる。

そしてそのまま船の縁から飛び出すと、魔導飛行船の前にゆっくりと降り立った。

俺を出迎えるためにいた人達は、俺の魔力に晒されてそのほとんどが跪いている。

しかしその中でも、三人だけは立ったままだった。といっても、作ったような笑みを浮かべ、なんとか立っている様子ではあるが……

だが、さっき強大な気配を発していたのはあの三人だ。

一人は身長が百八十センチくらいの厳つい男。筋骨隆々《きんこつりゅうりゅう》で、顔や腕などにたくさんの古傷が見える、スキンヘッドの男だ。

もう一人は二十代半ばぐらいの若い女性で、燃えるような赤いドレッドヘアに、気が強そうな顔立ちである。

最後はスラッとしたスタイルの、紳士っぽい格好のオールバックの中年だ。メガネをかけていて落ち着いた雰囲気だが、どこかミステリアスな気配を醸《かも》し出している。

今も強烈な威圧を放ち俺の魔力に対抗しようとしていたが、俺が目の前に立つと抵抗をやめて、一斉に頭を下げた。

「使徒リョーマ様のご到着、心よりお待ちしておりました。我々一同、使徒リョーマ様を歓迎いたします。わたくしこの国で空運を統括しております、アドニス・ミルヘイマーと申します」

紳士っぽい見た目の男が名乗る。

「陸運を統括しております、ベンジャーノ・デコッサです。お会いできて光栄です」

大柄で厳つい男が名乗る。

彼がベンジャーノかと密かに注視した。

「あたしはポリアネス・リュトリンさ！　ようこそシャンダオへ！　歓迎するよ！」

赤いドレッドがよく似合う日焼けした女性がニカっと笑う。

目の前にいる三人こそが、シャンダオを統べる英傑《えいけつ》達なのだ。あれだけの威圧感を発していたのも頷けた。

俺は発していた魔力を抑えて一歩前に出る。

「リョウマ・サイオンジです。この度はお心遣いいただきありがとうございます。とても快適な旅ができました」

「それは何よりでございます。使徒リョーマ様にお喜びいただけて、我々もこの上なく嬉しい限りでございます。快適に過ごしていただけますよう、ご宿泊先をご用意いたしましたのでご案内いたします」

アドニスがどうぞこちらへと身振りをする。

軽く談笑をしながら案内に従い付いていった。

俺達は用意されていた豪華な馬車に乗り込み、宿へと向かう。

「はぁぁ……凄かったッス……」

「だな。あの三人の存在感が凄《すさ》まじかったな」

馬車に乗って一息つくルインとタオルク。

「シャンダオという大国のトップに立つ人達だからね。俺からしても怪物みたいな人達だよ」

他の使徒達に比べれば天と地の差だけど、それでも今まで会った中でも、特にヤバいと思わせる人達だった。

油断ならない。

それに、あの三人だけではない。

飛行場には他にも、俺の知り合いである英雄のワナンさんと同等、あるいはそれ以上の力を持つ者が隠れ潜んでいる気配があったのだ。

そんな隠れ潜んでいた強者も、三人が率いる力の一端なのだろう。

タオルク達にそのことを話しているうちに、馬車は二十数階建ての大きな建物の前に停まった。

この世界でこんな高い人工建造物は初めてだ。

重厚感と高級感を兼ね備えた存在感がある。

その大きさにルインは圧倒されており、タオルクは感心していた。

馬車から降りると、その建物の関係者であろう人達がズラッと並んでいて俺達を出迎えてくれた。

「ようこそ使徒リョーマ様。私、最上級宿デュイ・ルオーナの代表をしております、ジェナエルと申します。最上階のお部屋をご用意しましたので、どうぞごゆっくりお寛ぎください」

先頭にいた、俳優のような整った顔立ちの中年が頭を下げると、後ろに整列する人達も一斉にお辞儀をした。

荷物は特にないから、そのまま最上階へと案内される。

最新鋭の昇降魔道具――要はエレベーターのようなものがあり、あっという間に最上階に到着する。

このホテルも最上階フロアがまるごと一室となっていた。

大きな窓が開放的で、首都グアンマーテルを一望できて圧巻だ。

タオルクとルインは窓際に立ち、外を見下ろして子供のようにはしゃぐ。

当面はここを活動拠点にするから、スマホを取り出して室内の写真を撮っておいた。そのままマップを開いて現在地の位置情報を登録して、撮った写真も登録する。

こうすることで、転移門を使っていつでもこの最上階に転移できるようになった。

「オークションはいつやるッスか？」

ソファーでスマホを操作している俺に聞くルイン。

「七日後に開催されるよ。それまでは自由行動でいいけど、一人で行動しないようにね。出かける時はタオルクと一緒に行動するように。どこにノリシカ・ファミルが潜んでるかわからないからね」

今宿泊しているこの建物は厳重に護衛されている気配はするから安全かもしれないけど、外に出たら狙われるのを覚悟しないといけない。

なにせ飛行場を出てから、妙な視線を感じていたのだ。

それがノリシカ・ファミルかは断定できないけど、どこかから虎視眈々《こしたんたん》と俺達を狙っている可能性は高いと思う。

そのことは二人に伝え、警戒を怠《おこた》らないようにしてもらう。

今日はとりあえず出歩かないで、旅の疲れを癒やすためにのんびりしようと三人で決めた。

……といっても、ずっと快適な旅だったから言うほど疲れてはないんだけど。

各々自由に過ごしていると、宿の従業員が緊張した面持ちで部屋に来た。

「お、お寛ぎの中失礼いたします!!　使徒リョーマ様にお客様がお見えになりました!!　中央府のノリンと名乗る方がリョーマ様に謁見を求めています!!」

「中央府？」

どういう要件だろうかと疑問符が浮かぶ。

考えても仕方ないし、とりあえず会ってみようとソファーから立ち上がったのだが――

「待て。俺が行く」

タオルクに止められた。

「タオルクが？」

「あぁ。リョーマは今、使徒としての立場を公《おおやけ》にしてシャンダオに来てるんだ。相応の対応をしないとまずいだろ。だからきちんと役割を決めよう。ルインはリョーマの従者だ。そんで、俺は随行員だ。首脳クラスとの会談はリョーマが行って、それ以外は俺が話を付けてくる」

「わかった。気をつけて行ってきてね」

「おう。その前に、お前の今後のスケジュールを教えてくれ」

「スケジュール？　今のところはオークションに参加するくらいだけど」

表の活動としては今のところそれくらいだ。後はベンジャーノと会談できれば良いのだが、あっちの方から接触してくれたら最高なんだけど……

とりあえず、スケジュール的にはオークションだけだと伝えタオルクを見送る。

三十分ほど寛いでいると、タオルクが戻ってきた。

「一旦休憩ってことで戻ってきた。まず、相手はちゃんとした中央府の人間だった。そんで、訪ねてきた要件は、リョーマのスケジュールを把握《はあく》しておきたいとのことと、アドニス、ポリアネス、ベンジャーノが会談したいとの要請だ。一応返事は保留にしてあるけど、どうする？」

「わかった。その要請は受けるよ。こっちとしても願ったり叶ったりだからね」

「それじゃあそう伝えてくるぞ」

「ありがとう。お願いね」

タオルクは再び部屋を出ていく。

それから少しして、話を終えて帰ってきたタオルクはどかっとソファーに座った。

「相手は会談の要請を受けてくれたことをすごく喜んでたぞ。それで、会談の日時だけど明日の午後になった」

「明日の午後ね、りょーかい」

一仕事終えたタオルクは、自分のアイテムバッグからお酒を取り出して美味しそうに飲み始める。

日が暮れ始め、ポツポツと魔道具の明かりが灯って街を照らしていく。

この世界に来て、この高さからゆっくり街を見下ろすことはないから新鮮な気分だ。

夜になっても街は賑やかで、俺達は夜景を眺めながら極上の夕食を食べたのだった。


次の日、タオルクとルインは朝早くから街の観光に出かけていった。

俺はといえば、正装を用意してのんびりと会談の時間まで過ごす。

昨日は夜遅くまで、オークションに出品する品物をどうしようかいろいろ考えていたのだが、あまりいい案が浮かばなかった。

参考にしたのは、スマホのアプリの一つ、図書アプリ。世界のあらゆる書物を閲覧できる機能が備わっているものだ。

だけど、何かを読むにもその書物を神様ポイントで購入してダウンロードしなきゃいけない。

広く出回っている書物ならポイントも気にならないけど、貴重な書物になるほど購入にかかるポイントは莫大《ばくだい》になってくる。

とりあえず今は、薬草系や調薬系の書物を何冊か購入して読んでいる最中だ。

「あ、そろそろ時間か」

スマホの時間を確認して、正装に着替える。

部屋を出て一階に降りると、すでに俺を迎えるために待機していた人がいた。

貴族のような出で立《いた》ちで、髪を後ろに縛ってめかしこんでいる若い男性が、こちらに近付いてきて緊張した面持ちで跪く。

「お、お初にお目にかかります。この度、会談場へご案内いたしますシャオナと申します。お会いできて大変光栄です」

「はじめまして。リョウマ・サイオンジです。それでは案内よろしくお願いします」

「はい!!」

一緒に宿を出て、玄関前に停まっていた豪華な馬車に乗った。

シャオナが合図を送ると馬車は動き出す。

街中を走る途中、シャオナはいろいろな名所などを教えてくれた。

おかげで退屈することなく、あっという間に立派な屋敷の前に到着した。

屋敷の周りや敷地内には厳重な警備が敷かれ、至るところに強者の気配を感じる。

馬車を降りると、警備を行っている人が跪く。

「リョーマ様!! こちらが本日の会談の場でございます!! どうぞこちらへ!!」

彼に案内されて屋敷の中に入ると、男性や女性の使用人が玄関ホールに整列しており、バッと頭を下げた。

そんな使用人達の間を、俺とシャオナは進む。

そして廊下を奥へ行くと、大扉の前に着いた。

「使徒リョーマ様、ご到着しました!!」

開かれた大扉の向こうには、広く豪華な空間の中央に長テーブルがある。

そして下座側に右からポリアネス、アドニス、ベンジャーノの順番で立ち、頭を下げていた。

俺は上座の方に案内され、俺はそのまま座る。

するとアドニスが頭を下げたまま口を開いた。

「使徒リョーマ様におかれましては、ご機嫌麗《うるわ》しく、謁見できたこと光栄至極にございます。尊き御身《おんみ》のご寛大なお心を賜《たまわ》り、この機会を設けていただき感謝申し上げます」

「皆さんどうぞ頭を上げてください。自分も皆さんとお会いできてとても嬉しいです。どうぞおかけになってください」

三人は頭を上げ座ると、今度はベンジャーノが口を開いた。

「この度は我が国で行われる大オークション、モルターナーズに参加されると伺っております。使徒様にご参加いただけるのは実に八年ぶりです。リョーマ様がご参加される噂もすっかり広がり、これまで以上に大きな注目を集めることになりました。ご参加していただけたこと、我々一同大きな感謝を申し上げます」

三人は再び、座ったまま深々と頭を下げる。

ディダルーはしっかり噂を広めてくれてたわけだ。

「頭を上げてください。自分としてもこのオークションに参加することはいい経験になりますから。各国から王侯貴族が集まってくるとのことなので、いい人と知り合えたら良いなと思います」

「その通り!!　私達が特別に招待した国もあるから、多くの国の王侯貴族が集まることになる。夜会なんかも行われることになるし、外交的な意味でも重要な場になるんだ……そんなことより!! あたしが気になるのは、リョーマ様はどんなお宝を出品されるかってことなんだけど」

ポリアネスは少女のように目を輝かせる。

そんなポリアネスの様子にアドニスは苦笑いを浮かべ、ベンジャーノは無表情だ。彼の感情を読み取れない。

「落ち着きなさいポリアネス。使徒様の御前《ごぜん》だ」

「わかってるさ」

アドニスがポリアネスを諫《いさ》め、ポリアネスは水を差されたことで一瞬アドニスを睨《にら》む。

「いえ、気になさらないでください」

何を出品するかは別に隠していることではないし、俺はスマホを取り出してインベントリから世界樹の若葉を取り出す。

圧倒的な魔力を有する世界樹の若葉は、会談の場となっている大広間全体に特殊な魔力を満たした。

しかし三人は世界樹の若葉に驚きつつも、注目しているのは俺が手にしているスマホだった。彼らからしたらこのスマホこそ、世界樹の若葉よりも圧倒的に価値のあるお宝、まさに神器だ。こっちの方に興味を示しても仕方ない。

特にベンジャーノが、ただでさえ厳つい顔を更に険しくして、食い入るようにスマホを凝視していた。スキンヘッドなこともあって圧が凄い。

俺はスマホを右手の紋様に戻す。

三人はスマホがなくなったことに非常に残念そうにするが、俺はそれを無視して話を続ける。

「自分が出品するのはこの世界樹の若葉と、もう一つ何かを出そうか考えているところです」

「ほう、様々な神薬の材料になると言われる若葉ですか。世界樹に関する素材はこの世界でもかなり希少なものです。落ち葉一つでも莫大なお金が動くと言われています。それを若葉とは……さらに希少性が高いでしょう。この若葉から発せられる莫大な魔力を考えても、リョーマ様が出品なさるお宝にふさわしいものですね。私としても是非手に入れたいものです」

気を取り直して、手に取った世界樹の若葉を観察するアドニス。ポリアネスは世界樹の若葉にはあまり興味がなさそうだ。おそらく宝石やそれっぽいお宝を期待していたのだろう。

ベンジャーノもスマホに反応を示した以外はあまり読めない。

アドニスから世界樹の若葉を返してもらいインベントリにしまう。

「そういえば、使徒リョーマ様は獣人の守護者になったと聞いております。フィランデ王国では獣

人達の居場所を作っておられるようなのですが、我々にできることはございますでしょうか。是非とも協力させてください」

アドニスの言葉に、俺は笑みを浮かべる。

「とてもありがたい申し出に感謝します。現状では自分達の手で事足りているのです。ただ近い将来、保護を求めた獣人が、王国では抱えきれないほど集まるとは考えていますね」

「そうですね……我々の方でも、各国で貧しく暮らしていた獣人達が救いを求めて移動し始めているという情報は掴んでおります。それが一挙に押し寄せるとなると、フィランデ王国では大きな混乱が発生し、問題が生じた場合は国民の不満が溜まっていくのではないかと危惧しているのです。そこでご提案なのですが、このシャンダオで獣人のための難民特区を設けて受け入れることもできますが、いかがでしょうか？」

「とてもありがたい申し出ですが、獣人達の居住に関しては解決策はあります」

「おぉ!!　さすがは使徒様です」

アドニスは大きな関心を示すが、どういう解決策なのかは明言は避ける。

「自分としましては、この大陸の物流を担う大国シャンダオには、是非ともその力で移動してくる獣人達を支援していただければ幸いと考えてます」

「そうですね。物を運ぶことを生業《なりわい》としている我々にとっては、人を運ぶのもお手のものですから。ではその方面にて支援させていただきたく思います」

よし、これで獣人達が移動する際の危険は多少は減るだろう。

俺が頷くと、アドニスはにっこりと笑った。

「使徒リョーマ様とは友好関係を構築し、良好な関係を築いていきたいと存じ上げます」

「そうですね。これを機に互いに良い関係を発展させられたらと思います。自分個人としての力となりますが、平和的にシャンダオがより躍進《やくしん》できるように力になれたらと思います」

俺の言葉に三人満足そうな表情を浮かべる。

その後もいろいろ話して、会談は四十分で終わった。

会談中はベンジャーノに悟られないように注視していたけど、怪しい素振《そぶ》りはあまり見られなかった……と思う。

ただ、彼がノリシカ・ファミルのボスなのか、まだ判断はできないと思った。見た目だけで言うならばめちゃくちゃ怪しいとは思うけど……

俺は会談場を後にして、宿に送ってもらった。

タオルク達はまだ帰っていないようだ。

俺は堅苦しい正装を脱ぎ捨て、浴室で汗を流す。

スッキリした後はラフな格好でソファーに座り、スマホの図書アプリで、オークション出品にちょうどいい薬がないか調べる。

夕方ごろには、タオルクとルインが帰ってきた。

二人は、街中で俺の噂話を聞いたとはしゃぎつつ、シャンダオの発展具合に驚きを隠せない様子だった。

商業大国であるシャンダオは経済的にも文化的にも高度に発展しており、まさに先進国。フィランデ王国との国力の差に、特にルインはショックを受けているようだった。

軍事力がどれほどのものなのかはまだわからないけど、経済的に見れば他の国々を圧倒しているのは容易に想像できる。

シャンダオがその気になれば周辺国を呑み込むのは容易《たやす》いだろう。

それをルインは肌で感じたに違いない。

まぁ、シャンダオがそういう動きを見せれば使徒達は黙っていないと思うけど。

逆に言えば、シャンダオからしてみれば、そんな使徒達に立ち向かうためにも俺を取り込んでおきたいのだろう。

改めてシャンダオとは慎重に付き合っていかないといけないと考えた。


その日の夜遅く、妙な気配を感じてベッドから起き上がる。

それと同時に、窓の隙間からヒュッと手紙が入ってきて、俺のところにひらひらと舞い落ちた。

俺はその手紙を掴み差出人を見た。

差出人の名前は書いておらず、誰からの手紙かわからなかったけど、俺のところに来たということは俺に対するものだろう。

封を解いて手紙を読む。

『夜分遅くに大変失礼いたします。例の密談場所でお話ししたく手紙を送りました。明日正午前にてお待ちしております』

簡潔にこう書かれていた。

密談を行っているのはディダルーしかいないから、彼からの手紙だろう。

読んだ手紙は火魔法で燃やして消す。妙な気配はすでにいなくなっていた。

夜が明けてタオルクとルインが起き出す。

「二人ともおはよう」

「お～……ねみ」

タオルクは眠そうに適当に返事をする。その横のルインは元気いっぱいだ。

「おはようッス!!　リョーマは今日は何をするッスか？」

「俺はちょっと出かけるところがあるから一人で行ってくるよ。二人は今日は何するの？」

「ん～、特に考えてないな。この部屋が居心地いいし、今日はのんびりしてるのも良いかもな～」

「俺も昨日はいろいろ疲れたから、漫画読んでダラダラするッス!!」

「それなら留守番お願いね。誰か俺のこと訪ねてきてきたら休んでるってことにしといて」

「お～」

「わかったッス‼」

三人で朝食を食べ、俺は身支度をする。

アレクセルの魔套を羽織《はお》り魔力を隠匿して、スキルの隠密を発動して気配を隠す。

これで誰かに俺のことを察知されることはない。

飛翔のスキルを使って窓から外に出て、密談の場所に向かう。

先日の密談で使った裏路地のお店の前に降り立った俺は、ドアを開けて建物の中に入るが、カウンターにいるおっさん以外誰もいなかった。

俺はカウンター前で隠密を解く。

「おわ⁉」

カウンターにいたおっさんは、突然現れた俺に驚いていた。

「驚かせてすみません。リョウマ・サイオンジです。ディダルーさんはいますか？」

「ど、どうぞ」

恭しくカウンターの中に入れてくれて、俺は奥にある地下に行く階段を降りる。

階段を下まで降りて、まっすぐ続く通路の先にはドアが一つ。

そのドアの前にはギーアが立っていて、俺に気付くと頭を下げた。

「リョーマ様、ようこそお越しくださいました――ご到着です！」

ギーアは中に聞こえるように告げるとドアを開けてくれる。

「どうぞ中へ」

「ありがとう」

薄暗い部屋の中に入ると、前回と同じくディダルーがいた。

ディダルーに促されて座ると、彼も椅子に座って向かい合う。

「さっそくですが、先日あの三人と会談が行われたと聞きました。お疲れさまでした。いかがだったでしょうか？」

ディダルーはまっすぐ俺の目を見て単刀直入に聞いてくる。

「有意義な時間だったと思います。今後は良い関係を築けるんじゃないかと期待できました」

「おぉ!!　それは何よりでございます。私としてもとても嬉しい限りです。では、リョーマ様から見てベンジャーノはどうだったでしょうか？」

これが本題だろう。真剣な眼差しで俺を見る。

「そうですね……昨日顔を合わせただけでは、彼がノリシカ・ファミルのボスなのかどうか判断することはできませんでした」

「そうですか……」

俺の答えに残念そうにするディダルー。

その瞳の奥では大きく落胆しているのが見えた。

彼にとってはベンジャーノはノリシカ・ファミルのボスであり、恨みを抱き復讐《ふくしゅう》するべき相手なのだから。

だから俺に期待していたのだろう。

「ただ、組織に近付いていけば自ずとわかることだと思います。だから、今は情報を集めてノリシカ・ファミルを見つけ出し、捕まえて組織の内情を手に入れたいと考えてます。もしベンジャーノに繋《つな》がる情報が出てきたら、その時は全力でベンジャーノを捕まえましょう」

「……そうですね。さっそくですが、ノリシカ・ファミルの隠れ家と思《おぼ》しき怪しい場所を見つけました。リョーマ様にはそこを当たっていただきたく思うのですが、どうでしょうか？」

「詳しくお願いします」

場所や、怪しいと思った理由を詳しく教えてもらう。

ディダルーの話によると、その場所に怪しげな人が出入りしていて、何かを運び込まれているという目撃情報があったそうだ。

その情報だけではノリシカ・ファミルに関係があるか、確実性に欠けるけど、調べてみればわかることだ。

「わかりました。今夜そこを探ってみようと思います。他に情報が入りましたらよろしくお願いします。必ずノリシカ・ファミルを壊滅させましょう」

「もちろんです。情報が入り次第、すぐにお知らせいたします。リョーマ様にそう言っていただけてとても心強いです。壊滅させましょう」

笑みを浮かべるディダルー。

「では自分はこれで」

魔套のフードを被り、席を立ち地下室を出る。

「ギーアさん、さようなら」

「リョーマ様、またお会いしましょう」

頭を下げるギーア。

俺は階段を上がり、カウンターを出る。深々と頭を下げるおっさんに軽く手を上げて返し、スキルの隠密を発動して建物を出た。

完全に気配を消しているから誰も俺の存在に気が付かない。

一応人気《ひとけ》のない路地でスキルの飛翔を発動して空中に浮かび上がり、宿に戻った。

最上階のテラスに降り立ち部屋の中を見ると、タオルクとルインはダラダラと過ごしていた。

隠密を解除して窓を軽くノックすると、二人はすぐに気が付いて、ルインが窓を開けて中に入れてくれる。

「ただいま。俺がいない間、誰か訪ねてきたりした？」

「おかえりなさいッス!! 誰も訪ねてきてないッスすよ」

「そっか。留守番ありがとね」

「リョーマはどこ行ってたんだ？」

「ノリシカ・ファミルの捜索に協力してくれる情報提供者のところだよ。相手の立場もあるからあまり表立って会うことはできないんだよね」

「なるほどな〜。俺達にできることはあるか？」

「今はまだ大丈夫だよ。助けが必要になったらお願いするよ」

「りょ〜かい」

タオルクはソファーに寝っ転がって漫画を読み始める。

俺も今日の予定は終わったので、昨日と同じように薬にまつわる本を図書アプリで探しながらダラダラするのだった。


夕食を終えてすっかり皆が寝静まった夜中。

俺はディダルーから教えてもらった場所の調査のために動き始める。

魔套を羽織り、スキルの隠密を発動して飛んでいく。

そこは都心部から少し離れたところの住宅街。雑草が生《お》い茂《しげ》り、長年誰も住んでないようなくたびれた洋館だった。

本当にここがノリシカ・ファミルの隠れ家なのか？　人の気配が全くしないけど……

無音で降り立った俺は、影魔法を使って影に潜《もぐ》り込み、スルリと建物の中に入る。

洋館の中は廃墟《はいきょ》同然で荒れ放題、今にもおばけが出そうな不気味さだ。

使徒の目はある程度の暗闇の中でも見ることはできるから、特に明かりを付けたりはせずにそのまま洋館の中を探索する。

一階の部屋を見ていくが、特に怪しいものは見当たらない。

「……ん？」

奥の物置部屋の前を調べた時、スキル獣の直感が働く。

この部屋には何かある。

よく見ると、この部屋の床は他の部屋に比べてホコリが少ない。それに微かにだけど変な臭いがする。

その臭いがするところを探すと、床板のわずかな隙間が発生源だとわかった。

力ずくで床板を剥《は》がすと地下に続く石階段が出てきて、ムワッと臭いが立ち上る。

石階段は底が見えないほどに真っ暗で、かなり深く続いていることが窺える。

俺は妙な予感を抱きながら、石階段を降りた。

進むこと三分。約六階分の階段を降りただろうか、どんどん臭いもキツくなる。

そして広い空間に出た俺は――臭いの原因を目の当《ま》たりにした。

そこには、拷問《ごうもん》を受けたような獣人や、何かの影響で歪《いびつ》な姿になった獣人の死体があったのだ。

彼らの顔は、恐怖と苦痛に歪《ゆが》み涙を流した跡《あと》が残っている。

それを見て、体の奥底からカッと熾烈《しれつ》な感情が湧き上がった。

全身から魔力が放出され、地下室全体に充満する。

「ッ!!　フーッ!!　フーッ!!　フーッ!!　はぁ……」

なんとか深呼吸をして憤りを鎮《しず》める。

衝動で動いてしまうと、何か証拠があっても見つけられないかもしれないし、自分の手で消してしまうかもしれない。

溢れ出る魔力を必死に抑える。

数十秒してようやく落ち着き、死体を見ないように何か残ってないか探すことにした。

それからわかったことだが、どうやらこの地下施設はここ最近、急に放棄《ほうき》されたものらしい。

いろんなものが乱雑に散乱していて、中には破かれたり燃やされた形跡のあったりする紙束や、破壊された道具の類《たぐい》もあった。

その中で、辛うじて読める書類を見つけた。


検証2　……被検体……拒絶反応……分後に死亡。

検証28……被検体番号……反応アリ……即死。

検証29……被験……50……身体変化確認……1……亡。

六号品薬投与は……の……ナシ。七号……投与開始。

一定の年齢以下の適合率が高いように……ただし……の消失が顕著に……。

成人オスの被検体による異形化を確認。……化の可能性が……る。

第四研究所　オレン　報告以上

ところどころ焼け落ちていて読めないが、その文字を見て、サンアンガレスで暗躍していたノリシカ・ファミルの男、コホスの言葉が頭をよぎる。

『最後に一つ教えて差し上げましょう。ノリシカ・ファミルは獣人を使って人体実験を行ってますよ』

奴はあの時、嫌らしく笑みを浮かべていた。

「あああああああああああああ!!　必ず殺してやる!!」

怒りを抑えきれず、全身から膨大《ぼうだい》な魔力が溢れ吹き荒れた。

一瞬にして地下室は赤熱し、資料も、獣人の死体も燃え尽きて灰となる。

さらに熱風が石階段を突き抜けて地上に達し、屋敷は瞬《また》く間に燃え上がった。

高温に晒されて陽炎《かげろう》のように揺らめく石階段を、俺は一歩ずつ上っていく。アレクセルの魔套の機能の一つ、環境適応が熱気から守ってくれているのだ。

屋敷の外は、突然の出来事に多くの人が集まり始めていて、魔法使いが水の魔法で一生懸命消火活動を行っていた。

俺も消火するべきかと思ったが、今の状態ではうまく魔法をコントロールできず、多くの人々を巻き込んでしまうかもしれない。

駆けつけた魔法使いで消火できそうだったので、影魔法で自分の影の中に隠れてその場を離れた。

そうして明け方前に宿に戻ってきた俺は、ベッドに倒れ込んで目を瞑るのだった。

第4話　オークション

「リョーマ起きろ。もう昼だぞ」

「……おはよう」

タオルクに起こされて俺は起き上がる。

気分は最悪だ。夜中のことを思い出して、ズキズキと頭が痛む。

「大丈夫ッスか……？」

眉間にシワを寄せて頭を押さえていると、ルインが心配そうな表情で聞いてくる。

「どうした？　なんかあったのか？」

タオルクもいつもと違う俺の様子に多少驚いてる様子だ。

「大丈夫……」

治癒スキルのおかげで自己治癒力が上がっているけど、精神的負担から来る頭痛にはあまり効果がなく、神聖魔法で自分を癒やす。

荒んでいた精神が落ち着き、頭痛も和《やわ》らいできた。

「心配かけてごめんね。もう大丈夫だよ」

「おう。あんま無茶はするなよ。それとこれ、お前宛に手紙だってよ」

タオルクは俺の前に手紙を置いてベッドルームを出ていく。

「俺にできることがあったらなんでも言ってほしいッス!! リョーマの助けになりたいし、手伝いたいッスから!!」

ニッと笑うルイン。

「ありがとうね。頼りにしてるよ」

「はいッス!!」

嬉しそうにベッドルームを出ていくルイン。

一人になった俺は、置かれた手紙を手に取り、差出人を見てみる。

手紙の表には使徒リョーマ様へと書かれており、裏側にはノア＝ルドネと差出人の名前が書いてあった。

そして、交差する羽に剣と王冠があしらわれた封蝋《ふうろう》がされている。
見たことのない紋章だけど……封を解いて手紙を読む。

偉大なる使徒リョーマ様
煌々《こうこう》と美しい円満の月夜の季節、いかがお過ごしでしょうか。
御身におかれましては、驚くほどのご活躍のこと伺いまして、数々の武勇伝に、心躍っております。

私はスニーア王国王太子ノア＝ルドネと申します。
突然のお手紙に驚かれたことと思います。
ご無礼を誠にお詫び申し上げます。

使徒リョーマ様がモルターナーズにご参加すると伺い、胸が高鳴る思いにございます。
どんな至高のお宝にお目にかかれるのか心より楽しみにしています。

つきましては、是非友好関係を結びたくお手紙をお送りいたしました。
本日はご一緒に夕食の時をお過ごししたく、ご招待申し上げます。

ヒル・バーナズにて個室をご準備いたしますので、お会いできることを願っております。

スニーア王国王太子　ノア＝ルドネ

まさかの王太子からの夕食のお誘いだった。

予想外の手紙にびっくりしたが……さて、どうしたものか。

俺は手紙を手にベッドルームを出て、タオルクとルインが寛ぐリビングに向かう。

「この手紙なんだけどさ、スニーア王国ってところの王太子が一緒に夕食を過ごしたいだって」

「王子様に呼ばれるなんて、リョーマ凄いッス‼」

ルインは素直に目をキラキラさせる。

一方でタオルクは、ソファーに寝そべって漫画を読みながら答えた。

「お前は国王とかよりも立場は上なんだ。それも圧倒的にな。気軽に行ってきたら良いんじゃないか？　というか、そんなお前を夕食に招待するなんて面白そうな奴じゃないか」

「……確かに、それもそうだな。わかった。気分転換に行ってくるよ。それじゃあ、二人にお願いしたいんだけど、お使い頼んで良いかな？」

「お、なんだ？」

「調薬の材料を買ってきてほしいんだよね。予算は……このぐらいで、なるべく多くの種類を買ってきてほしいんだ」

スマホのインベントリから、ドラルをジャラジャラと出す。だいたい五百万くらいの金貨がテーブルの上に置かれた。

そんな大金に二人は目を丸くし、生唾を呑み込む。

そしてルインはいそいそとアイテムバッグにお金を入れていった。

「それじゃあ行ってくるッス!!」

「いってらっしゃい。気をつけてね～」

タオルクとルインは部屋を出ていった。

俺は夕刻頃までゆっくりして、時間になったら正装に着替え、目元が隠れる仮面をつけて部屋を出た。

一階に降りると、身なりの良い従業員が急いで俺のところに駆け寄ってくる。

「リョーマ様、いかがなさいました？」

「馬車を出してほしいんだけどいいかな」

「ただちに手配いたします。どちらに向かわれますか？」

「ヒル・バーナズというところにお願いします」

「かしこまりました」

ロビーのソファーで寛いで待っていると、ホテルの前に馬車が到着した。

飛行船で持ってきていた、俺のための馬車だ。

従業員一同がいってらっしゃいませと整列して俺を見送る。

俺を乗せた馬車は通行人の大きな注目を集めながら中心街へと進み、立派な建物の前に到着した。

どうやらこのレストランが、ヒル・バーナズらしい。王太子が指定してきただけあって、かなり豪華な建物だ。

御者が急いで降りて、馬車のドアを開けてくれる。

「ありがとうございます。帰りもよろしくお願いします。これでお食事してください」

ポケットからそこそこのお金を取り出して差し出した。

御者の人は金額に目を見開き、恐れ多いと固辞しようとしていたが、無理やり渡して一人建物の中に入った。

建物の中はかなり広く、天井が高い。

演奏家が優雅な音楽を奏でていている中、身なりが貴族っぽい人がたくさんいて、それぞれ談笑しながら食事をしていた。そして、姿は見えないけど手練《てだ》れの気配がして、俺に意識を向けているのもわかった。警備も厳重なようだ。

すると、カチッとした身なりの従業員っぽい男が俺に近付いてくる。

「いらっしゃいませ」

「ノア＝ネルド王太子の招待を受けて来ました」

懐から手紙を出して見せると、従業員はすぐにピンと来たのか、緊張した面持ちになった。

「伺っております!!　ご案内いたします!!」

二階の個室に案内されると、ドアの前には王太子の護衛らしき男達が数人いた。

「し、使徒リョーマ様がご到着されました!!」

従業員がそう告げると、その場にいる人達の緊張感が一気に高まるのを肌身に感じる。

俺が部屋の中に案内されると、そこには明るい雰囲気の青年がいて、バッと頭を下げてきた。

「お初にお目にかかります!!　ノア＝ネルドと申します!!　招待を受けていただき誠にありがとうございます!!　本来使徒様にはしかるべきもてなしをするべきだとは重々承知ですが、このようなかたちになってしまい深くお詫び申し上げます!!」

宮殿に呼ぶべきだったとか、そういうことを言いたいのだろう。とはいえここがシャンダオである以上、仕方ないことだ。

「頭を上げてください。今回は招待していただきありがとうございます。ノア王太子殿下にお会いできて大変光栄です」

俺が答えるとノアは頭を上げて嬉しそうな表情をする。

「ッ!?」

そんな彼の顔を見て、俺は氷漬けになったかのように硬直した。

どことなく、幼馴染《おさななじみ》で大親友の武文《たけふみ》に似ていた。

猫のような癖《くせ》っ毛で人懐っこい顔、笑顔が本当に似合い、明るい性格であることが雰囲気からわかる。

もう二度と会えないかもしれないと思っていた人にそっくりな人が不意に目の前に現れて、思わずこみ上げるものがあった。

だけどこんな時に涙を流すのはおかしすぎるから、思わず顔を背けてしまう。

「……どうかしましたか？」

「い、いえ。すみません」

心の中で大きく深呼吸し、気持ちを切り替えて向き直る。

不思議そうにするノアと少し見つめ合う。

「あ、す、座りましょうリョーマ様！」

なぜ見つめられているのかわからないであろうノアは、少し慌てつつそう言った。

お互い椅子に座ると、タイミングを見計らっていた従業員が料理を運んできて、給仕係がグラスにお酒を注ぐ。

「料理は最高級のコースを注文いたしました。リョーマ様、よろしければ乾杯させてください」

「えぇ、是非乾杯しましょう」

快く受け入れ、互いにグラスを掲げて乾杯する。

それから料理を食べながら、お互いの国の話なんかをする。

しかも、実際に武文と食事をしてるんじゃないかと錯覚するくらい性格とかもそっくりで、ついつい楽しくなって気分良くお酒が進んでしまった。

しばらく経つ頃には、すっかり気を許していた。

「ノア殿下、自分のことはリョーマと呼んでください。それから敬語じゃなくて砕けた感じで話してくれると嬉しいです」

「そ、そんな！　恐れ多いですよ！　リョーマ様も自分のことは是非ノアと呼んでください」

おおらかに笑うノア。

「わかった。それじゃあ俺はノアって呼ぶから、やっぱりノアも俺のことはリョーマって呼んでよ。俺は君に会えて本当に嬉しいんだ。だから、畏まらなくていい。一番仲の良い友人に接するように、俺とも接してほしい」

半神《デミゴッド》の体は、アルコールで酔っぱらうことはない。しかし気が緩んだのか、気持ち的になのか少し酔ったような気がして、そんなことを口走っていた。

ノアは真剣に悩んでいた。

「……わかりました！　この良き日を記念して乾杯しましょう！」

まだ言葉遣いは畏まった感じはするけど、かなり砕けた雰囲気になって俺は嬉しくなる。

「よし、それならこれをご馳走するよ」

俺はスマホのインベントリから、武文が好きだったお酒を出す。

ノアは初めて見るスマホと、この世界にはない珍しいお酒に目を輝かせていた。

さっそくコップに注ぎ、乾杯する。

「——すごく美味しいです!!」

ノアは本当に美味しそうにお酒を飲んでいる。

実はこのお酒は、武文を……というか地球のことを思い出して少し辛くなるので、この世界に来てから一度も飲んでいなかった。

一口飲んで懐かしい風味が口の中に広がるとともに、武文との思い出が次々と溢れてくる。

やっぱり武文に会いたいなぁ……

なんて考えていたら、無意識に一筋の涙が頬を伝っていた。

「リョーマ様!?」

ノアは俺の涙にギョッとし、何か粗相《そそう》でもしたのかと慌て出した。

「ごめんごめん。このお酒は小さい頃からずっと一緒にいてくれた兄弟みたいな奴が好きだったお酒で、久しぶりに飲んで少し思い出しちゃったんだ。もう会えないくらい遠くにいるからね……」

「そうなんですか……その人は……」

ノアは悲しそうにする。

「あ、別に死んだとかじゃないよ。今も元気に生きてると思う」

「そ、そうなんですか!?　びっくりしましたよ!!　でも会えないのは寂しいですね……。自分も弟や家族に会えないとなったらすごく辛いですから……」

「家族や大事な人に会えなくなるのは本当に辛いことだよ。一緒にいられるからこそできることがあるからね。いなくなってからじゃ、感謝の気持ちを伝えることはできない。だからノアは家族や大事な人に自分の素直な気持ちや感謝をちゃんと伝えなきゃだめだよ」

「はい!!　肝に銘《めい》じます」

「しんみりしちゃったね。さぁ、飲もう飲もう！」

空いたグラスにお酒を注ぐ。

「リョーマ様とその御方はどういうお付き合いをされていたのですか？」

「俺とそいつはね……」

武文との思い出話を——主にくだらない笑い話を肴《さかな》に、ノアと酒を酌み交わす。

俺と武文の思い出話を、ノアは最後まで本当に楽しそうに聞いてくれた。

こうしていろいろ話してみると、ノアが武文に似ているとか関係なく、ただ相性が良かったのもある気がしてきた。

初対面で意気投合し、なんでも話し合えるような関係。きっとノアが武文に似てなくても、なんとなく彼を気に入っていたと思う。

今日はそういう出会いができて本当に気分が良い。

俺達は互いに遠慮せず助け合うという約束をして、何度目かとなる乾杯をしたのだった。

ノアとの夕食会から数日。

俺とノアの関係は不思議なことに他の王侯貴族に知られることになり、自分も使徒とお近付きになりたいという人が夜会や夕食会の招待状を送ってくるようになった。

だけどそれらに参加する気にはなれず、どこにも行くことはなかった。

といっても、ディダルーからの連絡もないからノリシカ・ファミルに関しての進展もない。

とりあえずオークションに出すための薬を作ったり、タオルクやルインと一緒にダラダラ過ごしたりするうちに、オークション当日を迎えた。

俺達はオークション参加用に特別に仕立てた服に着替える。

ルインは従者という立ち位置から、ロングテールコートの執事《しつじ》風の格好だ。立ち居振る舞いについては軽く教えてある。

タオルクは俺の随行員ということで、高級感が出るように光沢のあるスーツっぽい格好だ。彼のロングヘアーによく似合っていて、イケメン度がかなり増している。

最後に、俺は使徒として自分の存在感を存分に出すために上下最上級の生地を使った純白のスーツに白のピカピカの革靴、金糸で刺繍が施された白のロングコートを着用する。そして素顔を晒さないように、目元を隠す白い仮面もつけている。

全身真っ白でかなり目立つ格好だけど、だからこそ自分の存在感を十分に発揮《はっき》できるだろう。

「それじゃあ行こうか」

「おう」

「はいッス!!」

宿の部屋を出て一階に降りる。

すでに諸々の準備を終えたのだろう、ロビーでは従業員一同が整列し、一階に降りた俺達に深々と頭を下げた。

宿の代表を務めるジェナエルが前に出てくる。

「リョーマ様、本日は一段と神々《こうごう》しい御姿、神がご降臨なされたのかと思いました」

深々と頭を下げる。

「はは、ありがとうございます。あの、馬車は……」

「外に停まっております。お気をつけていってらっしゃいませ」

深々と頭を下げる。

ルインが従者っぽく馬車のドアを開けて、俺、タオルクの順番に乗り、最後にルインが乗ってドアを閉めた。

そして御者に合図を送って出発すると、得意げにニカッと笑う。

「どうッスか、従者っぽいッスか?」

それなりに役割を楽しんでるようだ。

「良いと思うよ」

俺は少し苦笑いを浮かべて答えた。

オークション会場までの道には、俺のことを一目見ようと人々がひしめきあい、俺達の乗る馬車を見ては歓声を上げている。

なんだか妙な高揚感に包まれる。

「ほら、手を振ってやれよ」

「面白がってるな……」

ニヤニヤするタオルクをジトッと睨みつつ、俺は窓の外に向かって、笑顔を作って軽く手を振る。

ドッと割れんばかりの歓声が巻き起こり、集まってきた人々は興奮した様子だった。

フィランデで俺が使徒だとバレた時も、人が集まってなかなか大変だったが、グアンマーテルは人の数が桁違《けたちが》いだからか、熱気が凄まじい。

使徒という存在はここまで歓迎されるものなのかと、改めて圧倒されてしまった。

そうこうしつつ、俺達の馬車は無事、オークション会場となる建物に到着する。

会場周辺は厳重な警備が敷かれ、一般人は近寄れないようになっていた。

王侯貴族や有力者が集まるオークションだというし、それも当然だろう。

入り口前に馬車が停車し、ドアが開けられて俺が先に降りる。

その時に、わざと少しだけ神聖な魔力を漏《も》らし、使徒っぽく演出した。

入り口のところには、ぴしっと背筋を伸ばした壮年の男性が立っている。

「使徒リョーマ様、お初にお目にかかります。今回のオークション――モルダーナーズ最高責任者のガスティンと申します」

「リョウマ・サイオンジです。よろしくお願いします」

「はい！　では中へご案内いたします！」

建物の中に入り、階段を上がっていくと、豪華な装飾がされた扉の前に到着した。

「どうぞ中へ」

ガスティンは深々と頭を下げる。

その扉を開けて中に入ると、豪華な造りの部屋になっていて、その向こうが広大な劇場ホールとなっていた。

このオークションは、オペラ劇場のような空間で行われるらしい。

俺が案内されたのは、ロイヤルルームと呼ばれる一番位の高い部屋で、劇場内を一望できる。

平土間《ひらどま》と呼ばれる舞台前の座席列は貴族達が座り、テラスやボックスと呼ばれる位の高い席にはより高級そうなものを身にまとった達――おそらくは王族方が座っていた。

俺達が興味深く会場を見渡していると、ガスティンが説明をしてくれた。

「リョーマ様、この度は当オークションにご参加いただき誠にありがとうございます。リョーマ様がご出品なさるということで大きな注目を集め、これまでにない盛り上がりを見せております……

さて、まずはオークションの流れをご説明させていただきます。出品された品物は、投影魔法にて舞台の壁に掲示され、そこで商品説明が行われます。その後に最低価格が発表されますので、この魔道具の札を提示してください」

ガスティンはなんの変哲もない、００1と刻印された白金のカードを差し出してくる。

「この魔道具はリョーマ様専用となっております。使い方を説明いたしますので、まずはお手に取っていただき、微量の魔力を流してください」

言われたとおりにカード型の魔道具を受け取り、少しだけ魔力を流す。

するとカードの上に、仄かに輝く光の玉が浮かび上がった。表面には、美しい模様が刻まれている。

「この光の玉が出ている時は、品物の購入権があるということになります。別の参加者が魔道具を発動した時に商品の価格が上がり、リョーマ様の札の光は消えて、その新しい参加者の札に光が浮かぶ——つまり購入権が移動することになります。逆に、また魔力を込めれば価格がさらに上がって、リョーマ様に購入権が戻ってきます。最後まで購入権を持っていた人が、その時点の価格で落札となり、この札に模様が刻まれます。その模様はリョーマ様が落札した品物の情報となりますので、お帰りの際にこの札を我々に渡して支払いをしていただくことで、品物はリョーマ様に譲渡される……という流れです」

「なるほど。よくわかりました」

「リョーマ様が出品いただくお宝は、今回のオークションの目玉として最後に出す予定となっております……今受け取ってもよろしいでしょうか」

「ありがとうございます。これを出品しますので、どうぞよろしくお願いします」

俺はスマホのインベントリから、世界樹の若木の葉五枚一束と、黄金に輝く液体が入った瓶を差し出す。

ガスティンは仰々しく受け取り、丁寧にアイテムバッグに収めた。

「責任を持ってお預かりいたします。ではオークション開始まで今しばらくお待ちください」

そう言ってガスティンはロイヤルルームを出ていった。

劇場ホールの様子は、まだ開始されていないからガヤガヤと騒がしいが、俺の気配と存在感を感じ取ったのだろう、そこかしこから視線を感じる。

そして気になったのが、王侯貴族が護衛として連れてきたらしき者達の気配だ。

かなりのツワモノが何人もいて、そのほとんどがワナンさんよりも強そうだった。考えようによっては、ここが世界で一番安全な場所かもしれないな。

十分くらい経ったところで、壇上に一人の男が現れた。

その瞬間、騒がしかった会場が嘘《うそ》みたいに静まりかえる。

『皆様、大変お待たせいたしました。これより第三十九回モルターナーズ・オークションを開始いたします!! 私、司会進行を務めさせていただきますニアスンと申します』

拡声の魔法を使っているのだろう、広い空間の隅々まで声が届く。

『今回も多くの高貴な方々にご参加いただき、厚く御礼申し上げます。そして!! 今回は大変光栄なことに使徒リョーマ様がお越しくださいました!! 謹んで感謝申し上げます』

ニアスンは深々と頭を下げる。

そして姿勢を正す。

『使徒リョーマ様が御出品されましたお宝は最後にご紹介いたしますので、皆様お楽しみくださいい……それではモルターナーズ・オークションを開始いたします!! まず最初の商品は、かの芸術家ボンディエールの遺作《いさく》【花を摘《つ》む少女】です!!」

司会進行のニアスンの頭上に映像が浮かび上がる。

青い花が咲く花畑で花を摘んでいるらしき少女の後ろ姿が描かれた絵画が映し出されていた。

『それでは百二十万ドラルから!! 百四十!! 百六十!! 百八十!!』

どんどん入札が行われて価格が上がっていき、光の玉が瞬《またた》く間に移動していく。

『二百四十!! 二百四十!! 二百四十!! 他にいませんか？ 二百四十!! 二百四十!! ……七一番、二百四十万ドラル落札おめでとうございます!!』

あっという間に決まった。

落札したのはボックス席の王族の誰かだ。

「す、凄いッスね……」

ルインはあまりの雰囲気と金額に愕然とする。

「これがブルジョアの世界か……」

こういう世界を知らなかったであろうタオルクも同様だ。

俺は地球にいた頃、両親に連れられてこういったオークションに参加したことがあるので、オークションそのものへの驚きはないが、異世界ならではのシステムがなかなか興味深かった。

それからしばらく、有名な画家や芸術家の高価な絵画や彫刻《ちょうこく》像などが続いた。

『――続きましては秘境ムアントリアの謎の遺跡より発見されました、黄金の宝箱です。高度な封印が施されていまして、最上級の魔導師による解錠魔法も失敗し、未開封の状態でございます。どんなお宝が入っているのでしょうか……それでは二千万ドラルから開始です!!』

投影魔法で映し出されたのは、精巧に装飾が施された、かなり大きな黄金の宝箱だ。

運営の方で鑑定など行われて本物だと判断されたのだろう。

あっという間に五千万を超えて、それでもなお値は上がり続けている。

最終落札価格は一億二千万で、どこかの国の国王が落札した。

解錠できなければ無意味なようにも思えるが、所有しているだけでもいいということだろう。

『――続きまして、古代フィーナール大帝国ヨアン大王の黄金の首飾りです!! 常勝王と呼ばれたヨアン大王が戦争の際、必ずこれを身につけていたことから、勝利を呼び込む幸運の首飾りと呼ばれるものです!!』

投影魔法で映し出される輝く黄金の首飾り。

『それでは八千四百万ドラルから始めます!! 九千!! 九千二百!! 九千四百!! 九千六百……』

常勝の幸運にあやかりたい人達が次々と札を上げ、どんどん値がつり上がっていく。

『六億四千万!! 六億四千万!! 他にいませんか？ 六億四千万……二番六億四千万ドラル落札!! おめでとうございます!!』

落札したのはロイヤルルームの隣のボックスだった。

それから更にお宝が続き、次は珍しい秘薬や霊薬《れいやく》などが登場する。

それらも競《せ》りが白熱し、どんどん落札されていく。

すると、俺が全く競りに参加しないのを不思議に思ったのか、タオルクが首を傾げて不思議そうに聞いてくる。

「全然競りに参加しないけど、欲しいものはないのか？」

「今のところは特にないかな～。お宝だって一杯持ってるし、秘薬や霊薬なんてのも、俺には必要ない効果のものばかりだからね」

正直、出品されてきたお宝なんかよりもガステイル帝国の宝物庫にあるお宝の方が圧倒的にすごく見えるんだよな。

唯一気になったものと言えば、秘境の遺跡で発見された金の宝箱だけど……開ける手段がないとなるとただの置物にしか思えない。

まぁスマホをうまく使えば開けられるかもしれないが、そこまでして欲しいとは思えなかった。

そんな俺の言葉に、タオルクは呆れたような目を向けてくるのだった。


オークションが開始してから三時間は経過しただろうか。

既に百点近くの商品が落札され、凄まじい額のお金が動いていた。

さすがはシャンダオだ。よくもまあそんなお宝を用意できたものだ。

参加者である王侯貴族達が出品したものもあるだろうけど、それでも凄い数だと思う。

しかもこのオークション自体、三十九回も行われてるわけだから、相当お金をかけていて相当儲かっているのだろう。

長丁場となるオークションは一旦休憩を挟み、再開される。

アート作品や骨董品《こっとうひん》、金銀財宝に秘薬や霊薬の次は、ドラゴンの卵や幻獣《げんじゅう》、妖獣《ようじゅう》の子供などが高値で落札されていく。

『――それでは次はこちらになります!!　幸運な漁師が発見しました、世にも珍しい人魚の卵です!!』

投影魔法で映し出される映像には、五十センチほどの大きさの卵があった。深海を思わせる群青《ぐんじょう》色で、真珠のような美しい輝きを放っている。

前に人魚が現れたどうのという噂を耳にしたけど、何か関係があるのだろうか。

不思議と惹《ひ》かれてしまう。

『それではこちらの人魚の卵は三百四十万ドラルから!! 三百六十!! 三百八十!! 四百!! 四百二十!! 四百二十!! 四百四十!! 四百四十!!』

どんどん札が上がる中、俺も札を掲げた。

俺の魔力に反応して札は光の玉が浮かび上がる。

タオルクは俺が札を上げたことを楽しげに眺め、ルインはギョッとしている。

『ッ!! 四百六十!! 四百六十!! 四百六十!!』

司会のニアスンは俺が札を上げたのに気付いたのか一瞬驚いたような素振《そぶ》りを見せるが、すぐに進行に戻る。しかしその声には、心なしか力が籠もっているように感じる。

『四百八十!!』

誰かが競ってきたのだろう、値は上がり俺の光の玉が消えた。

どんな人が競ってきたのか光の玉を探すと、舞台前の席の後ろの方に座っている初老の男の人が札を上げていた。

俺はすかさずもう一度札を掲げて魔力を注ぐ。

『ご、五百!! 五百!! 五百!! 五百!!』

初老の男の人が再び札を上げげた。

『五百二十!! 五百四十!! 六百!! 六百!! 六百二十!! 六百四十!!』

ほぼ俺とその男の人との一騎打ちだ。

『六百六十!!　七百!!　七百二十!!　七百四十!!　七百六十!!　八百!!　八百!!　八百!!　……一番八百万ドラル、落札おめでとうございます!!』

『おぉ～!!』

大勢の王侯貴族は、一番が俺だと把握しているから声を上げ拍手する。

俺は席を立って手を上げて応えた。

一騎打ちをしていた初老の男の人は、ここで初めて相手が俺だったと気が付いて、こちらを向いて驚愕していた。

実は俺が参加していなかったのは、安易に競りに参加した時に他の参加者が遠慮するんじゃないかと懸念していたのもあるのだが……彼の反応を見るにそれは間違いじゃないだろう。

まぁ人魚の卵は手に入ったことだし、後の競りは様子見しておこうと考える。

「リョ、リョーマ!!　八百万ッスよ八百万!!　払えるッスか!?」

慌てるルイン。

「ん～、ちょっとまってね」

インベントリを開いて所有するドラルを確認する。

今現在手持ちにあるドラルは二百八十万……全く足りなかった。

「大丈夫大丈夫！」

「本当ッスか……？」

怪しむルイン。

お金は足りなかったけど、お宝なら捨てるほど持ってる。

それに、出品した世界樹の若木の葉とあの薬が売れたお金は俺の手元に入ってくるのだ。さすがに八百万ドラルまで値段が上がるだろう……上がるよな？

高く売れることを期待するしかない。

珍しい生き物などの次は貴重な武具類の番になる。

伝説級の刀剣にはタオルクが反応を示した。

「おいおい聖剣リックベルかよ!!　すげぇな!!」

「そんな凄い剣なの？」

「あったりまえだろ!!　二十一英雄物語に登場するテルミシアの英雄アッサンが使ってたとされる聖剣だぞ!!　死の王ヴァドゥーとの戦いで、迫りくるアンデッドの軍勢を一人で食い止め、一振りで万のアンデッドを消滅させたって伝説があるんだよ」

興奮気味に早口で話すタオルク。

落札は開始されていて、開始五千万だったのがあっという間に十六億近くになっている。

「かぁ～!!　すげぇ!!　あれを手に入れる奴が羨ましいぜ……」

本当に羨ましそうなタオルク。

タオルクのためにも競りに参加したいけど、さすがに十六億なんて大金は手が出しづらい。

それを競っている人達は本当にお金持ちだ。一体どれほどの資産を有しているのやら……

俺もそれなりに宝物などは持っているが、現金化はしてないしな。

剣は最終的に四十四億になり、一三番の人が落札した。

それから他にも、魔剣や聖槍《せいそう》、法弓や伝説の盾《たて》や鎧《よろい》なども出品されていた。

正直欲しいものもあったが参加はせず、いろいろ見て楽しむことにした。

武具類の次は魔導書の番となる。

出品されたのは『古代の魔導書アトナ碑文《ひぶん》第一篇《ぺん》』なるものや『白使《はくし》の知解《ちかい》』、『ウギ祭儀書』、『メエル・アルバナ・シス』、『愚劣王《ぐれつおう》の奥義書』……などなど、いかにもすごそうなものからタイトルからはどんなものかわからないものまで、面白そうなものばかりだ。

ただ俺の場合、図書アプリで課金すれば読めてしまうから買う必要はないんだよな。

ちなみに魔導書の類《たぐい》は、二十四番の人が半分を買い占めていた。

そして……

『さて、いよいよ最後の二品となりました!! 今回のモルターナーズ・オークションの一番の目玉!! 使徒リョーマ様よりご出品いただきました至宝!! 誰の手に渡るのでしょうか!! 一つ目はこちらです!!』

投影魔法によって、世界樹の若木の葉が五枚映し出される。

『生命力に満ち溢れ、莫大な魔力を内包する!!　世界の祖《そ》、全ての樹木と草花の源《みなもと》。世界創生より存在していたとされる世界樹!!　これはその世界樹の葉です!!　あらゆる秘薬、霊薬、神秘薬を作るのに使用可能な万能素材と言われています!!　そして!!　伝説の神薬アダムスの材料の一つともされています!!』

「お、いよいよ最後だな」

「リョーマのッスよ!!　どれぐらいになるかワクワクするッス!!」

タオルクは身を乗り出し、ルインは落ち着きがない。

かく言う俺も少し緊張してきた。

各国を代表する王侯貴族が競ってくれるのか不安が募る。

『世界樹の葉五枚一組!!　一億ドラルから!!』

「ブーーッ!!」

まさか最低価格が一枚二千万ドラルになるとは考えていなかったから、驚きのあまり飲んでいたジュースを噴いてしまった。

タオルクとルインも呆然《ぼうぜん》としている。

『一億二千!!　一億四千!!　一億六千!!　一億八千!!　二億!!　二億二千!!　二億四千!!』

どんどん入札が行われていく。

勢いが衰えないまま六億七千万まで膨れ上がる。

『七億!! 七億二千!! 七億四千!! 七億六千!! 七億八千!! 七億八千!! 七億八千!! 他にいませんか？ 七億八千!! 七億九千!! 七億九千!! 七億九千!! ……九番七億九千万ドラル落札!! おめでとうございます!!』

多くの王侯貴族が入札に参加し、九番の人が落札した。

タオルクとルインはあまりの金額に愕然としている。

俺もこんな大金を手にして平常心ではいられない。

平常心を装って入るが背中の冷や汗は凄いことになっている。

さっきの八百万に足りるか、なんてレベルじゃない金額になってしまった。

『続きまして、リョーマ様がご出品されました二つ目に移ります!! こちらです!!』

黄金に輝く液体が入った豪華な装飾の瓶が映し出される。

『我々はこの品を鑑定して驚愕いたしました。最高の地位、名誉、富、名声全てを併せ持つ皆様ですから、ある程度の宝は容易に手に入れられるでしょう。ですが、それらを持ってしても我々人間が追い求め手に入れられないものがあります』

静かに語りだす司会進行の人。

それを固唾《かたず》を呑んで聞く全ての参加者。

『それは何でしょうか……永遠の命です。この薬はその望みをわずかに叶えてくれるでしょう!!

全ての病は癒え、命尽きるまで病気になることのない健康を手に入れ、若返り、寿命が百年から百五十年増える。更に‼　寿命以外で死を迎えた時に一度だけ蘇生《そせい》ができる‼　まさに皆様に相応しい夢のような薬です‼』

——そう、俺が作ったのは、還童命伸薬《かんどうめいしんやく》エルシオという名前の神秘薬——つまり世界で最上級の薬だった。

この薬を飲み続けることができれば実質不老不死になれる、不完全な不老不死薬だ。

使った素材は、タオルクとルインに買ってきてもらった素材の中でもかなり希少で効果が高いもの。それに追加して、手持ちの素材も入っている。

それは世界樹の若木の葉と、樋口さんから貰ったエイジアルという果物、そしてアビス祭りの時に使徒の一人であるユシルから貰ったマグダルの果実だ。

エイジアルは美容と健康、若返りと延命の効果がある。マグダルは別名、生命の実と呼ばれ、エイジアルよりも強い若返りの効果がある。

本当ならもう少し控えめの効果の、万能薬程度のものを作るつもりだったのだが……せっかくなら珍しいものを作ろうと張り切った結果、とんでもないものが出来上がってしまった。

せっかく作ったから出してみたのだが……やっぱりやりすぎだったみたいだ。

「「「おおおおお～～‼」」」

王侯貴族がこれまでにない大きな反応を見せる。

強い欲望が伝わってくる。

「お、おい……あいつの言ってることってマジなのか……？」

タオルクは信じられないという様子で聞いてくる。

「本当だよ。タオルク達に買ってきてもらったいろんな素材と、手持ちにあるもので試してみたらできちゃった」

てへっとおちゃめに答えると、タオルクは諦めたように額に手をやる。

『それでは十億から開始です!!　十五億!!　二十億!!　二十五億!!　三十億!!　三十五億!!』

ハイペースで入札が進んでいく。

あっという間に百億に到達してなお、勢いは止まらない。

『三百五十五億!!　三百六十億!!　三百六十五億!!　三百七十億!!　三百七十五億!!

三百八十億!!　三百八十億!!　三百八十五億!!』

入札者はだいぶ絞られてきたが、まだまだ勢いが衰える様子はない。

四百五十億を超えたあたりで入札者は三人に絞られていた。

かなり高齢の国王らしき男に、二十代半ばくらいの王子、そして壮齢の貴族の三人だ。

五百億を超えたところで貴族の男は諦め、高齢な国王と若い王子の一騎打ちとなる。

『五百七十五億!!　五百七十五億!!　でました五百八十億!!　モルダーナーズ・オークション過去最高額を更新しました!!　五百八十五億!!　五百八十五億!!　五百九十!!

六百億目前です!!　五百九十億!!　五百九十億!!　五百九十億!!　勝負に出ました!!　六百!!

六百‼　六百‼　六百‼　六百‼　……落札します……七番六百億落札‼　おめでとうございます‼』

決まった瞬間、劇場内は大きな拍手が巻き起こる。

落札をしたのは若い王子だった。

高齢の王様はものすごく悔しそうに顔を歪ませて、杖《つえ》を叩きつけて折っていた。

『——さあ、最後に素晴らしい商品が出ましたが、以上を持ちまして第三十九回モルダーナーズ・オークションを終了といたします‼　この後は別会場で記念パーティーがございますので、是非ご参加ください。落札された参加者様は担当の者が伺いますので、別室に移動して精算と受け取りを行ってください。本日はご参加いただき誠にありがとうございました‼』

興奮冷めやらぬまま、長時間行われたオークションは終わった。

落札できなかった人は劇場を後にし、落札した人達は担当が来るまで待ち、順番に別室に移動する。

俺のところには最高責任者のガスティンが来て、貴賓室でものすごく感謝されてから精算を行った。

まずは俺が出品したものから。

世界樹の若木の葉の落札価格は七億九千万ドラル。

落札手数料の十パーセントが引かれて七億一千百万ドラルを受け取る。

次に還童命伸薬エルシオの落札価格は六百億ドラル。

十パーセント引かれて五百四十億ドラルが支払われた。

あまりの大金に俺達は言葉を失う。

さすがに現金で支払うとなるとものすごく大変なことになるから、シャンダオの銀行に俺の口座を作ってくれて預けられるということになった。

オークション中に手配してくれていたようで、口座開設証明証を受け取る。

この口座の中にウン百億のお金が入っているのだ。

そして、人魚の卵の支払いはその口座から引いて支払ってもらうようにお願いしておいた。

卵を受け取った俺はさっそくインベントリにしまい込む。

手続きも終わり、是非記念パーティーに顔を出してほしいということで、パーティー会場に案内してもらう。

タオルクとルインはすっかり疲れた様子だったので先に帰ってもらい、俺は一人、会場に向かった。

オークションに参加した王侯貴族のほとんどがこのパーティーに参加しているようで、かなりの人数がいる。

パーティー会場の中に入ると、各国の王侯貴族達の視線が俺に集中した。

その迫力に一瞬気圧《けお》されて足が止まるが、気を引き締めて会場の中に入った。

どうしたら良いかわからないから、とりあえずテーブルに行ってお酒が入ったグラスを一つ手に取り飲む。

そんな時、一人の男が近付いてきた。

「リョーマ様、ご挨拶させていただいてよろしいでしょうか」

綺麗な所作で頭を下げる若い男。

あ、見覚えがある顔だ。

「あなたは……」

「はい。先ほどリョーマ様がご出品されていた薬を落札しました、モルニア帝国皇太子のアリオン・マッフェンと申します。是非お見知りおきを」

「頭を上げてください。そして落札おめでとうございます」

「ありがとうございます。今回使徒リョーマ様がご参加するということで、必ず手に入れる思いで挑みました。私が動かせるお金のほとんどを使ってなんとか手に入れられ、感無量でございます」

柔和《にゅうわ》に微笑むアリオンだが、その瞳の奥には強烈な野心が見える。

さすがは大国の皇太子、なかなかの覇気《はき》があった。

「こうしてお話しできるのも何かの縁だと思います。リョーマ様、是非我が帝国にご招待させてください。きっと我が国を気にいっていただけると思います」

「お誘いありがとうございます。是非お伺いしたいと思います」

そんな話をしているところに、数人の男が近付いてくる。

「お話中のところ大変失礼いたします！　我々もご挨拶させていただいてもよろしいでしょうか」

男達は深く頭を下げる。

それからは、俺と繋がりを持とうとする者達が、ひっきりなしに挨拶に来るようになった。

たくさんの世辞の言葉を聞き相手の国と名前を聞いて、正直疲れるがそれを顔には出さないように気をつける。

暗黙の了解なのか、国力が高い国から順番に挨拶にやってきて、会場に来ていたほとんどの人と言葉を交わした。

オークションに参加したほとんどの国王が俺と話ができて良かったと満足していく一方、俺はどんどん帰りたくなっていく。

後半になるにつれて小国の王が来るようになったのだが、こう言っては何だが、プライドがやけに高いというか自己顕示欲《じこけんじよく》が強い者が多く、自己紹介がほぼ自慢話になってきていたのだ。

内心うんざりしながら聞き流している時、お酒を飲みながら歳が近そうな人と談笑をしているノアを見つけた。

「すみません、ちょっと失礼いたします」

気持ちよく自慢話をしていた国王達は、俺が離れていくのを非常に残念がる。

楽しそうに話をしているノアのところに行き声をかけた。

「ノア、自分も一緒に良いかな？」

振り返ったノアは俺がいることに驚きを隠せない表情をし、談笑していた人達は緊張した面持ちで頭を下げた。

「リョーマ様!!　ご挨拶申し上げます!!」

慌てて畏まるノア。

「そんな畏まらないでいいよ。それより紹介してほしいな」

「は、はい!!」

さすがに公《おおやけ》の場だから畏まった態度を取るノア。

ノアと楽しそうに談笑をしていたのは、普段仲良くしている他国の王子達のようだ。

彼らを紹介してもらい、俺も自己紹介する。

「皆さんはじめまして。リョウマ・サイオンジです。よろしくお願いします」

最初はかなり緊張していたノアの友人達だけど、次第に緊張が解けてきたのかいろいろ話を聞くことができた。

それぞれの国は国力で言うと中堅《ちゅうけん》よりちょっと下くらい、こういう機会に情報交換などをして親《しん》睦《ぼく》を深めていたようだ。

ちなみに彼らは今回、オークションに参加したものの何かを落札できたわけではないようだった。

それから、俺が出品したものが凄すぎるという話題になり、王子達はすっかり興奮していた。

俺もいろいろと楽しい話を聞けて、どうでもいい社交辞令を聞くよりもはるかに有意義な時間を過ごすことができた。

どうやら、ノア達は明日にはもう自分達の国に帰るということらしく、またどこかで会おうと約束をして、それぞれパーティー会場を後にしていった。

俺もこれ以上長居をする気にはなれず、ひっそりと気配を消して宿に戻るのだった。

第5話　相次ぐ襲撃

オークション以降、俺達はシャンダオとの友好強化という名目で、各都市を視察することにした。

ただその本当の目的は、各都市にノリシカ・ファミルの影響がないか調査するというものだ。

まず向かったのは、芸術の都と呼ばれている、大陸でも屈指の観光都市であるベナモアだ。

首都グアンマーテルから馬車で六日の距離で、俺とタオルクとルインの三人に加えて、アドニス達シャンダオ代表が用意した、視察のサポートを行ってくれる政府関係者達で向かう。

都市ベルモアに到着した俺達は、まずはクレントン芸術学校に向かう。

かなり大きな学校でどんなことを学んでいるのか授業風景を見学させてもらった。

「おおぉ……凄いな」

タオルクは感心するように声を漏らしながら授業風景を眺めていた。

真っ白い大きな石が謎の力で粘土のように削られていきあっという間に彫像になったり、絵の具が空中に浮かびキャンバスに塗りたくられて抽象的な絵ができていったりしているのだ。

おそらくはスキルを使っているのだろうが、この世界ならではの力で芸術が完成していく。

「凄いッスね～」

「面白いね。スキルや魔法を用いて新しい芸術ができるのは本当に凄いな」

あらゆる可能性が、より広く自由に秘められていると感じた。

ちなみに、生徒は下は十歳から上は三十歳まで幅広くいた。

次にベナモアで最も高級なレストランに向かい、市長や有力者達を交えた歓迎昼食会が行われる。

約一時間、最高級の料理を堪能《たんのう》しながら歓談した後は、美術品評会に参加させてもらい、その様子を見学する。

なかなかにスケジュールが詰まっているが、街並みを楽しむ時間もあった。

ベナモアの街並みは本当に美しく、また随所に精巧な彫像などが設置されていたり、奇抜な建築があったりといろいろと見どころがあった。まさに芸術の都と言えるだろう。

タオルクとルインも観光を堪能したようだ。

俺達はベナモアで一泊すると、次の都市へと向かって出発した。

その馬車の中、タオルクが尋ねてくる。

「リョーマ、次はどこに行くんだ？」

「え～っと、次は」

答えようとしたその時、パリンとガラスが割れるような、小さな音が聞こえた気がした。

同時に、俺の喉からゴポゴポと空気が漏れて血が溢れる。

「リョーマ‼　大丈夫か⁉」

「な、何が起きたッスか⁉」

「コハッ……」

タオルクは仰天しつつもすぐに警戒態勢に入り、ルインは突然の出来事に混乱する。

大丈夫と答えようと思ったのだが、喉から血が溢れて言葉にできない。

何らかの手段で、俺は首を掻《か》っ切られたのだ。

しかし治癒のスキルでどんどん治っていく。

完全に治ったところで、俺はルインに指示を出す。

「襲撃だ。全速でこの場から離れるように御者に伝えて」

「はいッス‼」

ルインが御者席と繋がる小窓を開けて「ヒッ」と悲鳴を上げる。

「どうした」

タオルクが代わって小窓から御者席を見る。

「だめだ……御者が殺されてる。馬が暴走してるからどうなるかわからない」

「……わかった。俺が馬を止める」

俺は席を変わって小窓から手を出すと、念動魔法を発動して、馬の手綱《たづな》を掴み思いっきり引っ張る。

馬は急停止して、慣性で馬車が押されながらもなんとか停まった。

「二人は俺の影の中に入ってて」

「影の中!? どういう――」

「ど、どうやってッス――」

喋《しゃべ》っている途中の二人を、強引に俺の影の中に沈める。

馬車の中は俺一人になった。

そして外に出るためにドアに手をかけて気が付いた。窓に小さな穴が空いている。

いったいどういう攻撃だったのかわからない。

とりあえず馬車を降りる。

「……」

まだ昼過ぎの街道で、妙な静けさがこの場所を包み込む。

囲まれていて、見られているのはわかるけど、どこにいるのかわからない。

街道を少し進んだところには、同行者であるシャンダオの政府関係者達が乗っている馬車も停まっていた。

胸騒ぎを感じて急いで駆け寄ると、馬車のドアを開ける。

「ツ……クソッ」

馬車に乗っていた人達は皆、首を切られて事切れていた。

俺がやられたのと同じ手口だろう、抵抗した形跡はなく、やはり窓に小さな穴が空いている。

「誰だ!!　出てこい!!」

俺を監視している謎の気配に呼びかけるが反応は全くない。

それならばと、俺は莫大な魔力を解放し、周囲へと放つ。

一瞬にして数キロ範囲に広がる俺の魔力。

様々な生き物が俺の魔力に触れて直感で死にものぐるいに逃げるのを感じる中——

「いた」

俺の魔力の中に、異質な気配を感知した。

その気配からは、恐怖心とともに強烈な殺意を感じる。

スキル飛翔でその気配のもとに高速飛行すると、そこには一人の男がいた。

白髪交じりの黒髪の、眼帯をしたその男は焦ったように俺を見上げている。

滞空する俺はその男の頭上から見下ろす。

「攻撃してきたのはお前だな」

男は額に汗を浮かべ、身構える。

「確実に殺したと思ったんだけどな……他の使徒も死なねぇ化け物なのか……？」

引き攣《つ》った笑みを浮かべる男。

「まさか。他の使徒だったら攻撃する隙もなくお前が死んでたよ」

あの人達が俺みたいなヘマをするシーンが全くイメージできない。

殺意を察知した瞬間にはこの男を見つけ出して、あらゆる手段で命を刈り取っているのが容易に想像できる。

それほどまでに、あの人達の力は常識からことごとく乖離《かいり》していて恐ろしく感じる。

まあそれは置いといて、この男だ。

どんな能力を持っているのかわからないけど、俺を傷つけるだけの力は持っているわけで、何かをされる前に制圧しないといけない。

俺は男に向かって手を翳《かざ》す。

その瞬間、空を覆い尽くすほどの無数の氷の剣が現れ、切っ先が男に向いた。

「反則だろ……」

俺の力を見て絶望に心が折れたのか、男は脱力して抵抗する意思がなくなったようだ。

男がいつの間にか手にしていた漆黒の短剣で自分の首を切ろうとした刹那、一本の氷剣が地面に深く突き刺さる。

そして漆黒の短剣を手にしていた男の手首が、ズルッとズレて地面に落ちた。

「があああああああああ⁉」

鋭い傷口は凍結していて一滴も血が流れていない。

その手首を押さえて痛みに叫ぶ男。

俺はゆっくりと男の前に降り立つ。

「誰の差《さ》し金《がね》か、喋ってくれるよね？」

「クソッ……」

どうすれば良いのか、一生懸命脳を働かせているのだろう、目が右へ左へと向く男。

だけど考えても考えても現状を打開する方法は思いつかないのか、額に汗を浮かべていく。

そんな中、何かを思いついたのかハッとした後、男はニマッと笑みを浮かべて、べっと舌を出す。

なんだ？　ふざけてるのか？

そう思った俺だったが、次の瞬間目を見開いた。

男が思いっきり、自分の舌を噛《か》み切ったのだ。

噛み千切られた舌はボトリと地面に落ち、男の口からおびただしい量の血が溢れる。

「ろおだ、こええしゃれれない」

そう言って男はドサリと倒れ、意識を手放した。

自分で舌を噛み切るなんて、絶対に情報を喋らないという強い意思が為せる業《わざ》だろう。

だけどそんなことをされても、俺は別に焦ることはない。

地面に落ちた舌を摘まみ上げ、気絶した男の口をこじ開けてねじ込む。

そして神聖魔法を発動した。

男の舌と切断された手首が、完全に再生する。

気絶したままの男を身動きができないように拘束して、また舌を噛み切られないように猿轡《さるぐつわ》をさせる。

それから、空を覆い尽くしたままだった氷の剣を解除すると、全てが粉雪となって消えていった。

一気に気温が下がり自分の吐息が白くなる。

他に敵がいないことを確認してから、俺は影からタオルクとルインを出した。

影の中から一部始終を見ていたのだろう、タオルクは気絶して身動きがとれないように拘束されている男を無表情に見下ろし、戸惑っていた。

「こいつはどうするんだ?」

「連れて帰るよ。俺を暗殺しようとしたんだから、誰に依頼されたのか無理やりにでも情報を引き出さないと。まぁ予想はできてるけど……」

俺の命を狙うのなんてノリシカ・ファミルしか心当たりはない。

男を自分の影の中に沈める。

「こ、これからどうするッスか……？」

「帰ろう。視察は中止だ。まだ命は狙われるだろうし、中央の人も殺されちゃったしね」

念動魔法で二人を空中に浮かせ、俺はスキルの飛翔で馬車のところに戻る。

とりあえず、視察の同行者だった人達の遺体は回収する。

馬車も借り物だから持って帰らないといけない。

タオルクとルインは一応御者ができるみたいだから、二人に御者をお願いして来た道を戻った。

「昨日までは平和だったんだけどねぇ」

俺は一人、馬車の中で呟いた。

これから何かが起きるような、嫌な予感がした。


都市ベナモアに帰ってきた俺達は、市長に起きたことを話し、すぐに首都に連絡してもらうようにお願いした。

出ていったばかりの俺達が戻ってきて、しかも襲撃を受けたと知った街の有力者達は蜂《はち》の巣をつついたように大騒ぎだ。

俺達は今、市長邸の一室を借りて、安全のためにガッチガチに護衛されていた。

敷地内や邸宅の至るところ、俺達がいるドアの前などで、護衛が巡回、立哨《りっしょう》している。

「凄いことになったッスね……」

「まあ自国内で他国の要人、それも使徒が襲われたとなったらね。仕方ない」

心配そうなルインに苦笑いで返す。

安全のために部屋の外に出ることも簡単じゃないから、大人しく寛ぐ。

タオルクはというと、俺の影の中で暗殺者の尋問を行っていた。俺と一緒に行動するようになる前、タオルクはとある商人のもとでこういった汚れ役をやっていたことがあるから、それなりに慣れているということでお願いしたのだ。

暗殺者は意識が戻るたびに舌を噛み切るので、その度に俺は自分の影に入って暗殺者を神聖魔法で癒やしていた。

そして深夜、タオルクから合図があり、また自分の舌を噛み切ったのかと思い自分の影の中に入る。

「全部吐いたぞ」

タオルクはそれだけ言う。

暗殺者の方を見ると、憔悴《しょうすい》しきっている。

「これに全部まとめてある。疲れたから出してくれ。眠い」

タオルクは暗殺者の情報をまとめたのだろう紙を俺に差し出して、大きくあくびをする。

「ありがとう。ゆっくり休んでね」

タオルクを影から出し、俺は書類を読む。

「う、ぐ……ベン……ジャーノ……べ……ジャーノ……ベン……ジャー……グッ……べ……ンジャ……ノ……」

書類を読む俺の隣では、暗殺者の男が苦しそうに呟いていた。

肉体的には完璧な健康体だけど、精神は極限に達して崩壊しかけているようだ。

こうなったら神聖魔法で癒やしてもあまり効果がないだろう。

報告書には、男の名前はアドンと書かれていた。

ノリシカ・ファミル所属、ボスであるベンジャーノ・デコッサが直轄《ちょっかつ》する暗殺部隊の隊員と書いてあった。

これは紛れもない証拠だ。

やっとノリシカ・ファミルを潰すことができる。

アドンは生かしてベンジャーノに直接見せつけようと考え、そのままにして俺は自分の影から出るのだった。

翌日、朝一にアドニスが部屋に来て平伏した。

ベナモアはグアンマーテルから馬車で六日はかかる距離なのに、相当急いで向かってきたようだ。

「リョ、リョーマ様……お怪我がなくご無事で心よりお喜び申し上げます。我が国で御身を危険に晒してしまったこと、大変申し訳ございません……この責任は必ず我々が取りますので、どうかご容赦くださいますようお願い申し上げます」

顔面蒼白《そうはく》で、多大な心労が窺える。

「……暗殺に関しての責任をアドニスさんに取らせようなんてことは考えてませんので、ご安心ください。今回の件は自分の力に慢心《まんしん》し、警戒を怠っていたのが原因です。使徒が暗殺されるようなことはないだろうと考え、気が緩んでいました。なので座ってください」

「い、いえ……我々の不手際でございます……。最低限の護衛をつけるべきでした。使徒様が攻撃されるという想定をしていなかった我々の落ち度でございます」

頑なに平伏して謝罪の意思を示そうとするアドニス。

しかし俺は首を横に振った。

「護衛をつけていたとしても結果は同じだったと思います。自分の意識外からの未知の攻撃だったので反応することも対処することもできませんでした。なのでそもそも護衛がいたとしても、気付くことすらできなかったと思います。俺を狙っている組織は、それほどに慎重に計画して行動しているのでしょう」

「組織……ですか？」

アドニスは頭を上げた。

「暗殺者を生け捕りにして情報を引き出しました。ところで、ポリアネスさんとベンジャーノさんは？」

「ポリアネスは自分の仕事をするために数日前から首都を離れてます。ベンジャーノは……わかりません。昨日から所在を掴めておりません」

「昨日までは首都にいたということで間違いないですか？」

「そのように把握しております。こういう重大な事件があったので、ベンジャーノと一緒にここに来て謝罪するべきだと考えていたのですが、連絡がとれず所在がわからなくなってしまいました。こんな大事な時に……奴は何をしているのだ」

強い憤りを感じるアドニスの言葉に、俺は思わず呟いていた。

「逃げられたか……？」

「どういうことでしょうか？」

「戻りながら説明しますので、急いで首都に戻りましょう。まだどこかにいるかもしれないので」

「かしこまりました。私が責任を持って安全に首都までお送りいたします。どうぞこちらへ」

俺達はアドニスと一緒に市長邸を出て、そのままベナモアの街の外に向かう。

「おお、これで来たのですが。さすがは空の覇者ですね……」

ベナモアの外には、巨大な飛竜が大人しく待機していた。

やけに早く来たなと思ったが、この飛竜に乗って首都からベナモアに来たのだろう。

タオルクとルインは圧倒的な存在感を放つ飛竜を目の当たりにして、肝を冷やしている様子だ。

一方でアドニスは、サッと飛竜の背中に飛び乗っていた。

その軽やかな身のこなしに、やはり只者《ただもの》じゃないと改めて認識する。

俺はタオルクとルインを念動魔力で浮かし、飛翔スキルで飛竜の背中に乗る。

さっきはビビッていた二人だったが、飛竜の背中に乗れたと密かに興奮していた……まぁ、気持ちはわかるけど。

「それでは行きます!!」

アドニスの合図とともに飛竜は立ち上がり、巨大な翼を広げる。

そして羽ばたきによって強烈な風が巻き起こり、フワッと浮かび上がった。

飛竜の背中は、何か特別な魔法がかかっているのか、高速で移動しているにもかかわらず、全く風の影響を受けずに快適だった。

そして俺はその移動中、アドニスに事情を全て話すことにした。

つまり、俺を狙ってきた暗殺者の情報や、ノリシカ・ファミルと因縁があること。そして俺がシャンダオに来た本当の目的、ベンジャーノがノリシカ・ファミルのボスだと教えられたということなどだ。一応、まだディダルーの情報は伏せておいた。

俺の話を一通り聞いたアドニスは、相当なショックを受けた様子だった。

それもそうだろう。自分と同じ立場にある人間が、悪名高い犯罪組織のボスだという情報を聞かされたのだから。

アドニスが動揺しているうちに、飛竜はグアンマーテルに到着した。

飛行スピードは予想以上に速く、なんと約二時間程度しかかかっていない。

専用の着陸場所に飛竜が降り立つと、アドニスは気を取り直して、部下達に指示を出してベンジャーノの行方を探させる。

俺達は一度アドニスの屋敷に向かい、準備を整えてから俺達も街に捜索に出た。

捜索を始めてから三時間、アドニスに情報を貰い、ベンジャーノに関係する場所などを虱潰《しらみつぶ》しに探し回ったが、見つけることはできなかった。ベンジャーノには一人息子がいるということなのだが、その息子もいなくなっているようだ。

「暗殺者が戻ってこないから失敗したと判断して隠れたか……」

再びアドニスの屋敷に戻った俺達は、この先どうするかを考える。

どうにかしてディダルーと連絡を取って話し合わなきゃいけないか。

するとその時、部下からの報告を受けに行っていたアドニスが、慌てた様子で俺のいる部屋に入ってきた。

ベンジャーノを見つけたのかと思ったが、あの慌てよう、どうやらそうじゃないみたいだ。

「リョーマ様、ポリアネスから緊急通信が来ました!! 彼女はこの国最大の港湾都市ミルドレイに滞在していたのですが、謎の武力勢力に襲撃を受け、一時占拠されたとのことです!! 今はポリアネスの力で抵抗し取り戻すことはできたようなのですが、再び攻撃を受け、長くはもたないとのことです。我が国のことではございますが、どうかお力をお借りできないでしょうか……ベンジャーノの行方とノリシカ・ファミルの情報は私が全力で集めます!!」

なんでこんな時に大事件が重なるんだと頭を抱える。

それはアドニスも同じようで、とても疲れた様子だ。

俺はソファーから立ち上がる。

「わかりました。その港湾都市の方には自分が行きます。情報の方はよろしくお願いします」

「ありがとうございます、必ず見つけ出してみせます!! ミルドレイについては、こちらの地図をご確認ください」

アドニスは俺に地図を手渡すと、深々と頭を下げて、部屋を出ていった。

「そういうことだから俺は行ってくるよ。二人はここに残ってアドニス側との連携をお願い」

「了解」

「昨日あんなことがあったッスから、本当に気をつけるッスよ!!」

「もちろん。それじゃあ頼むね」

インベントリからアレクセルの魔套を取り出して着て、フードを被る。

それからスキルの隠密を発動した。

目の前にいたタオルクとルインはまだ俺のことを認識できているだろうが、それ以外の人には俺を認識することはできないだろう。

窓を開けて空を飛び、攻撃を受けているという港湾都市ミルドレイへと向かう。

高速で飛翔し、俺はあっという間にミルドレイの上空に到着した。

街の至るところから黒煙が空高く上がっていて、住民達の悲鳴が聞こえる。

スマホを出してインベントリから天真名鑑書《てんしんめいかんしょ》エルズ――この世界の全ての天使の真名《まな》が載った本を取り出す。この本があれば、神性に応じたランクの天使を召喚できるのだ。

天真名鑑書エルズに神聖な魔力を込めると、仄かに輝き出して手のひらの上に浮かび上がる。

直後、頭の中に召喚できる天使の真命と召喚呪文が浮かぶ。

『我は遊戯と享楽を司る神メシュフィムの使徒リョウマ・サイオンジ。我の呼びかけに応えよ。天上の神々の下僕《げぼく》アルオン、モルディナ』

神語で唱えられた呪文に呼応して、二つのページから神々が書いた文字が浮かび上がった。

その文字は光の玉になって強く輝き、天使の姿に変わった。

『『召喚に応じ参上いたしました。我が主リョーマ様、ご命令を』』

天使は二人とも、透き通るように美しい肌の少年だった。

ガステイル帝国の大悪魔との戦いで召喚したあの天使達とは違う天使みたいだ。

跪く二人に、俺は命を下す。

「アルオン、モルディナ。怪我している人達を助けに行って」

『『拝命いたしました』』

二人の天使は、真っ白に輝く翼を羽ばたかせて、怪我をした人々のところに向かう。

さて、俺は襲撃者の撃退だ。

ざっと都市を見渡し、一番激しい戦闘が行われている港に向かう。遠くからも、船に火がつけられているのがわかった。

到着してすぐ、戦いの中心に湾曲《わんきょく》した剣——カットラスを手に奮闘するポリアネスを見つけた。

さすがは海運を仕切る女傑《じょけつ》だ。周囲には襲撃者らしき男達が倒れており、今も勇猛《ゆうもう》果敢《かかん》に戦っている。

鬼気迫る戦いっぷりとその武力に、俺は思わず目を瞠《みは》る。

だけど多勢に無勢。ポリアネスの勢力が押されているのは見て取れる。

「姉御、危ない!!」

誰かが叫ぶ。

いつの間にか、ポリアネスに凶刃《きょうじん》が迫っていたのだ。

俺はポリアネスのすぐ側に一瞬で降り立ち、その刃を掴んで止める。

「誰だか知らないけど助かったよ!!」

アレクセルの魔套を着てフードを深く被り、隠密を発動したままだから、派手な登場で認識できても俺が誰だか気が付いていないようだ。

俺は隠密を解除してフードを脱ぐ。

「大丈夫ですか？」

「リョ、リョーマ様⁉」

謎の人物が俺だとわかり仰天するポリアネス。

かと思えば、笑みを浮かべて声を張った。

「あはははははは‼　お前達‼　最強の助っ人が来たよ‼　踏ん張りな‼」

「「「おおおおおおおおお‼」」」

ポリアネスの仲間らしき人達が一斉に雄叫《おたけ》びを上げる。

それはそれとして、皆海賊みたいな個性的な格好だな……運送する側じゃなくて奪う側に見えるけどいいんだろうか。

なんてことを考えながら、掴んでいる剣の持ち主を手加減して殴る。

「がぁっ⁉」

ボキボキといくつもの骨が砕ける感覚が拳に感じられ、男は勢いよく吹き飛んでいった。

そういえば、俺のステータス上の筋力は十五万以上あったっけ。手加減しても恐ろしい威力だ。

それから俺は、怪我をしている味方は神聖魔法で癒やし、敵には雷電魔法で強力な電気に感電させて気絶させていく。

俺の登場によって形勢は一気に逆転して、これ以上の戦闘継続不可能だと判断した敵は後退を始めた。

「お前達‼　一人も逃がすんじゃないよ‼」

「おおおおお‼」

ポリアネスの言葉に、海賊風の男達は勇ましく追撃に行く。

それを見送って、ポリアネスは俺に向き直った。

「本当に助かったよ。リョーマ様が現れなかったら、あたし達は大勢死んで、この都市は敵の手に落ちてただろうね」

「皆さんが助かって本当に良かったです。敵は急に襲ってきたんですか？」

「そうだよ。今日は大事な荷物が届く予定だったから、あたしが現場に来て待ってたんだけどね。そしたら急にあいつらが現れて襲ってきたってわけさ。本当に困ったもんだよ」

なるほど、おそらくポリアネスが来る情報を手に入れた敵が待ち伏せしていたんだな。

「とりあえず生き残りを集めましょう。何かわかるかもしれません」

「そうだね。お前達‼　生きてる奴を探して連れてきな‼」

「アーイ‼」

海賊風の男達は倒れた敵を見ていく。

「みんな海賊みたいですね」

「ああ、あいつらは元海賊でね、あたしが負かした連中なんだよ。あたしは親父の跡を継ぐ前は海に出て海賊達と喧嘩《けんか》に明け暮れてたから、元々顔見知りなのさ。今じゃ、一番信頼できる部下達ってわけだ」

得意げに話すポリアネス。

海賊風じゃなくて本物の海賊だとは思わなかった。

「フラス!!　こっちに来な!!」

「アーイ!!」

頭に赤い布を巻いた、頬に大きな傷があるかっこいい青年が駆け足で俺達のもとに来る。

「リョーマ様、こいつはあたしの側近の一人のフラスってんだ。フラス!!　この御方は偉大な使徒リョーマ様だよ!!　ご挨拶しな!!」

「ポリアネスの姉御と一緒に仕事をさせてもらってます、フラスっていいます!!　よろしくお願いします!!」

「君はさっきポリアネスさんと一緒に戦ってたよね。よろしくねフラスさん」

「先ほどは姉御を助けてくれてありがとうございます!!」

フラスは深々と頭を下げる。

そうこうしているうちに、まだ息のあった敵がどんどん集められてきた。

ほとんどは俺が倒した敵みたいだな。

「リョーマ様、こいつから情報を聞き出せばいいのかい？」

「ええ。敵がどういう存在なのか知るには、吐かせる方が手っ取り早いじゃないですか。こんなにいるなら情報の精度も上がると思うし」

「なるほどね。それならあたし達に任せな。得意だからね」

ポリアネスと部下の元海賊達が指をポキポキ鳴らしながら、まだ生きている敵に近付いていく。

意識が残っている奴らは何をされるのか恐ろしいようで、満身創痍《まんしんそうい》の体で後ずさったり悲鳴を上げたりしている。

しかし屈強な部下達はそれを無視して、生き残りを担いでどこかへ行った。

「それじゃあ俺は消火の手伝いをしますね」

港に停まっているほとんどの船に火がつけられ炎上しているから、水魔法を発動して莫大な水を操り消火していく。

港と船の火を消し終わった後は、スキル飛翔で都市の上空へと移動する。

そこから街中で火事になっている場所を探して、そちらに向かい水魔法で消火を行っていった。

上空から見た感じ、倒れ伏していたり、あるいは明らかに絶命している住民が少なくなく、凄惨《せいさん》な状況だ。

『『リョーマ様、人命救助及び賊の討伐を完了いたしました』』

すると空中にいる俺の前に、二人の天使が瞬間移動してきて跪く。

「ありがとう。すごく助かったよ」

『『お役に立てて光栄です』』

「また何かあったら力を貸してよ」

『『もちろんでございます』』

天使をあまり人目に晒させるのはよくないと思うから、天使召喚を解除して天界に帰す。

街に降り立つと、ポリアネスの部下が走ってきた。

「リョーマ様!!　姉御がお呼びです!!　姉御のところにご案内いたします!!」

「わかりました」

部下の後をついていって、ポリアネスのいるところに向かう。

案内されたのは、港の近くのレンガ造りの大きな建物だった。

階段を上がり二階の奥の部屋に入った。

「リョーマ様、武力集団の正体がわかったよ。あいつらはノリシカ・ファミルっていう組織だってさ。せこせこ麻薬を売りさばいたり脅迫、暴力、殺人、誘拐なんでもやる屑《くず》組織さ」

大きな被害を受け、怒りを露わにするポリアネス。

「ノリシカ・ファミルか……」

まさかこっちでもその名前を聞くことになるとは。

俺を暗殺しようとしたり、都市ミルドレイを襲撃したりと、ここに来て過激に動き出している気がする。

また何かが起こる気がしてならない。

その後ポリアネスと話し合った俺は、大打撃を受けたミルドレイの復興を支援すると約束した。

まずは死体の処理や破壊された建物や港の瓦礫《がれき》、そして炎上した商船の残骸の撤去などを手伝うことになった。

ひとまず死体の処理は急務だ。

放置したままにしていると疫病《えきびょう》が発生して、都市中に蔓延するかもしれない。

そうと決まってからは、さっそく動き始めた。

ポリアネスの部下や街の住人達の助けを借りて、死体は広場に集められる。

身内を殺された住民達の悲しみと怒りは凄まじいものだった。

親や兄弟、子供を殺された人、親友や恋人を亡くした人は涙を流し、突然の別れを受け入れられずしがみついて叫ぶ人もいる。

そして、ノリシカ・ファミルの構成員の死体に怨嗟《えんさ》を向けて石を投げる人がたくさんいた。

そんな人達に配慮して、住民とノリシカ・ファミルの死体は分けられている。

そして俺は、火魔法による高温の炎で火葬《かそう》を行うのだった。

最低限の瓦礫の撤去などを終えた俺は、その日はミルドレイのポリアネスの屋敷で一泊することにした。また明日から、復興を手伝うためだ。

しかしその日の夜は、死体を燃やしたことで流石に精神的負担を感じて落ち込んでいた。

先日の地下の獣人達の実験場を燃やしてしまった時もそうだったが、今回はまたあの時以上に気持ちが沈んでいる。

部屋で一人ベッドに腰掛けて、何度もため息をつく。

するとヒュッと、窓の隙間から手紙が差し込まれて俺の足元に落ちてきた。

前にも同じことがあったような……

その手紙を拾い上げて読む。

差出人は前回同様ディダルーで、ノリシカ・ファミルの幹部の居場所を突き止めたからいつもの場所に来てほしいという内容が簡潔に書いてあった。

これが事実であれば、すぐにでも行動に移した方がいいだろう。

俺は勢いよくベッドから立ち上がり、部屋を出てポリアネスの部下を探す。

すぐに見つけられたので、ポリアネスのところに案内してもらう。

ポリアネスは部下達にいろいろ指示を出していて忙しそうだ。

しかし彼女は、部屋に入ってきた俺に気が付くと部下達を下がらせた。

「お忙しい中、すみません」

「いや、かまわないよ……酷い顔だね。一杯どうだい？」

ポリアネスはそう言いつつ、棚からグラスを二つ取り出して、一つを俺に差し出す。

確かに彼女の言う通り、俺は酷い顔をしているのだろう。そしてそれは、ポリアネスも同じだった。

きっと俺に気を遣っているのもあるだろうが、彼女自身も一杯やりたい気持ちなのだろう。

俺が大人しく受け取ると、ポリアネスは今度は酒を棚から取り出す。

いかにも高級そうな瓶に入ったそれを、グラスに注いでくれた。

注いだ瞬間、アルコールの匂いが部屋中に一気に広がる。

けっこうきつそうなお酒だな。

「リョーマ様に乾杯」

ポリアネスはニカッと笑って、自分のグラスを俺のグラスに軽くぶつけると一気に飲み干した。

俺も一気に飲む。

「ッ!!　ゴホッ」

強い酒に思わずむせてしまう。

酔わない体になっているとはいえ、こういう強いお酒を一気に飲むとどうしてもこうなってしまう。

「ッかぁ～!!　効くねぇ!!」

一方でポリアネスは顔を赤らめ、カッと勢いよくグラスをテーブルに置いた。

そして真剣な表情で俺の目を見る。

「……もう行くんだろう？　この街を救ってくれて本当にありがとう」

「どうしてこの街を離れるってわかったんですか？」

「なーに、女の勘《かん》さ！　この街は本当は美しい街なんだ。必ず元通りにしてみせるから、また来てくれよ！」

手を差し出すポリアネス。

「はい。また必ず来ます」

俺は彼女と握手をして、軽く頭を下げて部屋を出る。

建物を出た俺は、スキルの飛翔を発動して首都グアンマーテルまで高速で向かうのだった。


明け方前にはグアンマーテルに到着し、タオルクとルインがいる部屋の窓の前に浮かぶ。

魔力念動で窓の鍵を開けて静かに窓を開け、部屋の中に入った。

窓を閉めて空いてるベッドに腰掛けるとギシッと軋み、隣のベッドで寝ていたルインが眠そうに目を擦って起き上がった。

「リョーマ……帰ってきたッスか……」

「起こしてごめんね。今帰ってきたところだよ」

「港の街はどうだったッスか？」

「……酷い有様《ありさま》だったよ。詳しい話は皆が起きてからにしよう」

「わかったッス」

ルインはそう言うと再びベッドに横になって、静かに寝息を立て始める。

タオルクは俺が帰ってきたことに気が付かず、豪快にいびきをかいて寝ていた。

いつも通りの彼の姿に、なんだかホッとしたのだった。


朝になりルインとタオルクが起きたところで、港湾都市ミルドレイの出来事を軽く話す。

アドニスにも共有するべきだと思ったので、屋敷の使用人に、俺が帰ってきたことを伝えてもらうようお願いした。

「リョーマ様!!」

それから十分もしないうちに、慌ててやってきたのだろう、アドニスが息を切らせながら部屋に入ってきた。

ミルドレイでのことを詳細に話すと、難しい顔をする。

「ポリアネスとミルドレイを救っていただけたこと、感謝いたします。リョーマ様がいなかったらどうなっていたことか……あの都市が使えなくなれば、シャンダオ全体が傾きかねませんでした。そしてベンジャーノの行方ですが、不甲斐《ふがい》ないことに未《いま》だ掴めておりません……ノリシカ・ファミルについても同様です」

「ここまで尻尾を掴めないということは、よほどノリシカ・ファミルの組織力が高いのでしょう。早く見つけ出して潰さないといけませんね……」

「本当にその通りです。なんとしてでもベンジャーノを見つけないと……もし情報が誤りならいいのですが、本当に奴がノリシカ・ファミルのボスならば、国の代表としてはいさせられません。その穴を埋めるのは本当に頭が痛い問題です」

アドニスは深く眉間にシワを寄せる。

そこで俺は、とある提案をしてみた。

「アドニスさんはディダルーをご存知ですか？」

「ディダルーですか？　ベンジャーノの側近の一人ですよね？　何度か会ったことはありますが、そこまで深く面識があるわけではありません。彼がどうされたのですか？」

「シャンダオの内政のことに口を出すのは出すぎた真似だとは思いますが、ベンジャーノが抜けた穴を、彼のような側近に埋めてもらうのはどうかと思いまして。もちろん、ノリシカ・ファミルと関係がないことをよく確認してからになりますが」

「そうですね……検討してみます」

「ノリシカ・ファミルの動きは俺達が予想していた以上に活発化しているように思えます。これ以上事件が起きた時も、引き続き協力しますよ」

「お心遣いありがとうございます、リョーマ様」

アドニスはそう言って頭を下げて、部屋を出ていった。

「……さてと、朝食もまだだったね。食べようか」

「だな」

「お腹ペコペコッス！」

俺はどこでまた命を狙われるかわからないから、迂闊《うかつ》に出歩くことはできない。

妖精の箱庭内で妖精達が作った料理を、テーブルの上に出して三人で堪能する。

こういう時でも、やっぱり妖精の料理は美味しいな。

食べ終わったところで、俺はディダルーに会うために例の密会場所へと向かうことにした。

「それじゃあ、俺はちょっと行くところがあるから、誰かが俺を訪ねてきたら代わりに対応をお願い」

「はいッス！」

「おう」

いつものようにアレクセルの魔套を羽織って隠密を発動し、窓から出ていく。

そして密会場所の地下室まで行くと、扉の前にはギーアがいた。

彼がいるということは、ディダルーも中にいるのだろう。

ギーアに挨拶をして奥の部屋に入る。

「お待ちしておりました、リョーマ様」

起立して深く頭を下げるディダルー。

「来るのが遅くなってしまってすみません」

「いえいえとんでもない！　私も先ほど来たばかりですのでお気になさらずに」

笑みを浮かべるディダルー。

俺は挨拶もそこそこに、さっそく本題を切り出す。

「さっそくですが、幹部の居場所を突き止めたとのことですが、どこでしょうか」

「はい、ギルナレイトという都市です。マト酒造所という場所に、ノリシカ・ファミルの幹部の一人、コホスという人物が出入りしているという目撃情報を手に入れました。その後私の部下が裏取りを行ったところ、怪しい人間が多数出入りしているとのことです」

コホス……

その名前を聞くだけで、怒りの感情が高ぶった。

ようやく奴を捕まえることができると思うと、居ても立ってもいられない気持ちでいっぱいになる。

俺は気持ちを鎮めながら、ディダルーに礼を言う。

「情報ありがとうございます。しかしその情報力は凄いですね」

「お褒めにあずかり光栄です。凄いのは私ではなく優秀な部下達ですよ。ところで、襲撃を受けたと聞きましたが、相手も愚かなことをしますよね。使徒様相手に暗殺者を送るなど愚の骨頂《こっちょう》でしょう」

ディダルーは襲撃者を嘲笑《あざわら》う。

その言葉に、俺は苦笑で返した。

「ええ、お恥ずかしいことに致命傷を負いましたよ。自然治癒力を高めるスキルがありますし、自分には神聖魔法があるので死ぬことはありませんでしたが、もし即死するような攻撃だったらと考えるとゾッとします」

「ほう……」

目を細めるディダルー。

「その暗殺者は始末したのですか？」

「いえ、こうして生け捕りにしてます」

俺はそう言って、自分の影から雁字《がんじ》搦《がら》めに拘束した暗殺者アドンを出して見せる。

ディダルーは意識なくぐったりしているアドンを睨みつけた。

「……ただちに殺すべきでは？」

「背後関係などを吐かせるために生け捕りにしたんです。といっても既に情報は吐かせた後なんですけどね」

「情報を吐いたのならなおさら始末するべきでしょう」

「いえ、この男はベンジャーノがノリシカ・ファミルのボスだと口にしたので、重要な証拠の一つとして生かしておきます……そういえば、自分が襲撃を受けた後にベンジャーノの行方がわからなくなったのですが、どこか隠れていそうな場所とかに心当たりはありませんか？」

「ベンジャーノがいなくなったのですか？　心当たりの場所……申し訳ありません。自分でもわからないです。最初にお会いした時にお話しした通り、奴は相当警戒心が高く、滅多に人前に現れません。右腕とも言われている私ですら、姿を見たのは指で数えるほどです。私が連絡を取っていたのは奴の護衛であるジャネスですが、ベンジャーノが失踪したとなると、そのジャネスも今は……」

「なるほど……ベンジャーノがノリシカ・ファミルのボスだと証言が取れた以上、必ず見つけ出さないといけません。野放しにすれば奴の組織を潰すことはできませんから」

「隠れたのなら見つけ出すのは容易ではなさそうですが、私の方でも行方を追ってみます。何かわかったらまたお知らせします。それまでその男を私の方で安全に預かりましょうか？」

「いえ、どこよりも安全な自分の影があるので大丈夫ですよ。お気遣いありがとうございます」

アドンを再び自分の影の中に入れる。ディダルーは影に沈んでいくアドンを憎々しげに見下ろしていた。

「では自分は幹部を捕まえてきますので失礼します」

「……えぇ、お気をつけて」

薄暗い部屋の中、ディダルーの声が妙に抑揚のなかったことが気になりつつ、俺は部屋を出るのだった。

第6話　反撃作戦

俺は一人、飛翔のスキルで空を飛び、都市ギルナレイトへと向かう。

一時間もしないうちに、ギルナレイトの中心部の上空に到着した。

「マト酒造所は……」

スマホを取り出して地図を確認する。

すぐに見つかったので、さっそくその上空へと向かった。

ここにコホスがいるのかもしれないと思うと、大魔法で一気に壊滅させてやりたい気持ちになるが……もし無関係の人がいたら、とんでもないことになる。

俺は感情を抑えて、改めて探ることにした。

まずは少し離れた人気《ひとけ》のない場所に音もなく着地して、建物に近付く。

隠密状態の俺は、すれ違う人にも認識されずに建物の前に着いた。

上から見た時は冷静じゃなかったから気が付かなかったけど、ただの酒造所の割には、警戒がかなり厳重に見える。

どこか入り込める場所はないかと建物の周囲をぐるりと回ってみたが、入り口は厳重に閉ざされていて、窓も締め切っていた。

こんなところで本当にお酒を作っているのか怪しく思えてくる。

物陰に隠れた俺は、影魔法で自分の影の中に入ると、影移動でごくわずかな隙間から建物の中に入った。

疑ってはいたものの、酒造所の中は至って普通の設備で、大きな酒樽《さかだる》が等間隔で並んでいて、ちゃんとお酒を作っていた。

働いている人を観察しつつ、怪しいところがないか建物全体を隈《くま》なく探すが、何も見つからない。

本当に怪しいものは何もないか……あるいは徹底的に隠されているかだ。

しかし警備の厳重さを考えると、やはり何かあるようにしか思えなかった。

そうだ、地上部にないのなら地下があるかもしれない。

ただ、怪しいところを探している時、地下に繋がる入り口なんてどこにもなかったんだよな……

どうしたものかと思っていると、酒造所には似つかわしくない、身なりを整えた男が建物の中に入ってきた。

「コホス様は？」

「お待ちになられてます！」

「わかった。開けてくれ」

「はい!!」

その会話を聞いて胸が高鳴る。

やはりコホスはここにいるのだ。ようやく捕まえることができる！

若い男が一番端の大きな酒樽に手を翳すと、空中に魔法陣が現れて、大きな酒樽がひとりでに動き出す。

その酒樽が完全に横にずれると、地下へと続く階段が現れた。

こうやって地下への入り口を隠していたのか、道理で見つからないわけだ。

俺は影を操作して移動し、階段を降りていく男の影の中へと移動する。

かなり深いのだろう、しばらく下ったところで、ようやくドアに辿り着いた。

男がドアを開けたのに続いて俺も中に入ると、特段何もない小部屋があった。

しかもどこかに続く扉があるわけでもない、本当にただの小部屋だ。

そして男がその何もない小部屋の中心に立つと、魔法陣が部屋全体に浮かび上がった。

どういうことだと身構えるが……特に変わった様子はなく、魔法陣が消滅した。

かと思えば、男はそのまま振り向いて、さっき入ってきたドアを開けて小部屋を出ていった。

俺も混乱しつつ後をついていき――

そしてすぐに理解した。

その場所は、あの酒造所の地下じゃなかったのだ。

ドアの向こうは階段だったはずなのに、真っすぐな通路になっている。

あの魔法陣によって、別の似たような小部屋に転移したのだろう。

男はいくつものドアを素通りして長い廊下を進むと、突き当たりにあるドアの前に立ち止まる。

「コホス様！　ゲイアンです！」

「入れ」

中から返事がして、ゲイアンと名乗った男はドアを開ける。

部屋の中は結構広く、壁には本棚があってたくさんの本が収められていた。奥には立派な机があって——コホスが椅子に座って書類を確認していた。

ゲイアンは部屋の中央で跪く。

「ご報告します！」

「待って」

ゲイアンの言葉を遮るコホス。

「余計なネズミを連れてきたね」

コホスは愉快そうに口角を釣り上げる。

「影に隠れているのはわかってますよ。出てきてください」

どうしてバレた⁉

一瞬驚いたけど、何か仕掛けを施していてもおかしくないとすぐに思い直した。

バレているのならばこれ以上隠れていても仕方ないと、俺は影から出た。

「ひいいいい⁉」

突然自分の影から人が出てきて、ゲイアンは悲鳴を上げて腰を抜かす。

「おやおや、これはこれは！　どんなネズミかと思ったら使徒リョーマ様じゃないですか！　まだ生きていたんですね！」

「あの程度の攻撃で殺されるわけないだろ」

舐《な》められたもんだ。

「そうでしょうそうでしょう！　あの程度の攻撃で死ぬはずはありませんよねぇ～。使徒なのですから」

目を細めて嫌味な笑みを濃くするコホス。

今すぐぶっ殺したい衝動に駆られるが、必死に抑える。

「ここまで来たということは……ああ、我々と取引する気になりましたか？」

こいつが言う取引とは、俺の周りから手を引く代わりに、フィランデ王国の王家が所有するモルトアの古文書なるものを渡せ、という内容だった。

当然、そんな取引を受け入れるわけがない。

「ふざけたことをぬかすな‼　お前を捕まえに来たんだよ」

俺が取引するなんて微塵も考えてないくせに、いちいち神経を逆撫でしてくる奴だ。

俺は怒りのあまり、抑えていた魔力を漏らしてしまう。

怒りに呼応した魔力は、重苦しいプレッシャーとともに部屋の中を一瞬で満たした。

ゲイアンは俺の魔力に当てられて、口から泡を出して失神する。

「おぉ怖い怖い！　ほんの冗談じゃないですかぁ。そんなに怒らないでくださいよ。ね？」

おどけてみせるコホスだが、俺の魔力のプレッシャーにギリギリ耐えているのだろう、額には汗が滲んでいた。

「無駄《むだ》話はもう良い。大人しく捕まれ」

そう言って俺が右手を前に突き出して魔法を発動しようとした瞬間——コホスはいつの間にか手にしていた黒い鈴をチリンと鳴らす。

するとまばたきするよりも早く、俺とコホスの間に大量の人影が現れた。

皆子供ぐらいの身長で、頭からつま先まで真っ黒な服を着ていて、顔を隠されていた。

その黒ずくめの集団からは、異様な雰囲気を感じる。

「お前達、お客様とたくさん遊びなさい！」

コホスがそう言うと、黒ずくめの集団はどこからか取り出した様々な武器を手に、一斉に襲いかかってきた。

俺は雷電魔法を発動し、手に電気を集めて放出する。

黒衣の集団は次々と感電し、硬直してバタバタと倒れていった。

あっけないものだと思いコホスを見ると……余裕の笑みを浮かべている。

何がおかしいと言おうとしたその時、気絶するほどの電気を浴びせて倒したはずの黒衣の集団が、何もなかったかのように起き上がる。

即死させないようにしたとはいえ、まさか起き上がってくるなんて⁉

軽く動揺する俺に、黒ずくめの集団は飛びかかってナイフで切りつけてくる。

手加減している場合じゃない。少し本気を出そう。

魔力を少し解放すると、抑えられていた魔力が膨れ上がり、黒衣の集団を押しのけ、弾き飛ばした。

「あはははははは！　まさに化け物じゃないですか！　なんですかその凄まじい魔力は！」

興奮するコホス。

「うるさいから黙れ」

風魔法を発動すると、室内に強烈な風が吹き荒れる。

部屋にあった置物や本、書類や筆記具など、あらゆるものが強風によって激しく吹き飛ばされ、コホスや黒衣の集団に凄まじい勢いでぶつかっていった。

コホスは身を護るために体を屈めて机の下に隠れ、黒衣の集団は自身が飛ばされないように必死に踏ん張る。

そこで室内を吹き荒れる風を操り、黒衣の集団を左右の壁に叩きつけた。そしてそのまま、風で壁に押さえつける。

とりあえずこれで動きは封じたが、ここからどうするか。
そう考えていると、不意に背中を押された感覚があった。
そして同時に胸に鋭い痛みが走り、それがジクジクと強くなっていく。
自分の胸を見れば、体から刃物が生えていた。
後ろを向くと、片眼鏡をかけた二十代半ばぐらいの、白髪で色白な男が立っている。
「誰だお前……クハッ……どうやって……」
気を張ってしっかり警戒していたのに、全く気配が感じられなかった。
「コホス様、これはどういう状況ですか？」
気配もなく突然現れた男は静かに尋ねる。
「おぉ～!!　マッド君!!　良いタイミングだよ!!」
コホスは隠れていた机からヒョコッと頭を出して、嬉しそうに答える。
俺は痛みに耐えてながら氷雪魔法を発動し、氷の剣を背後にいる男に放った。
しかしその直後、男の気配は忽然《こつぜん》と消える。
気配を探っても全く感知できない。
背中から刺さったままの剣を念動魔法で引き抜いた俺は、神聖魔法を発動する。
傷は一瞬にして癒えた。
俺を背後から突き刺した男は、いつの間にかコホスの側に立っている。

無表情だけど、その男の目は静かな殺意に満ちていた。

「なるほど……あれが使徒リョーマ様ですか」

「いや～、絶体絶命だね！　君、あれ殺せる？」

「どうでしょうか。隙だらけではありますが、生命力とあの力は相当厄介だと思います」

俺を前にして悠長に話をしている二人。挑発している……というより、ただ完全に俺を舐めているのだろう。

「ふん、殺せるものなら殺してみろ！」

俺はさっきよりも多く魔力を解放し、二人にぶつけた。

「は、はは……さっきのが全力じゃなかったのですね」

引き攣った笑みを浮かべるコホス。

一方でマッドと呼ばれた男は表情を変えることなく、再び忽然と消えた。

部屋の中には俺の魔力が満たされており、その中を動けば察知できるはずなのだが……全く男の気配を掴めない。こんなことは初めてだった。

相手の能力が掴めないこともあり、慎重に警戒する。

こうまでも完璧に姿を隠せるのは、隠密系のスキルを極めているか、あるいは特殊なアイテムなどで別の空間にいるのか。

それとも……空間魔法か？

使徒仲間でヴァンパイアのヴィジュファーの姿が脳裏にチラつく。

彼も空間魔法の使い手で、俺の固有空間に自由に出入りできるほどの実力者だ。

もちろん、マッドがそのレベルにあるとは思えないが……どっちにしろ厄介極まりないのには違いない。

全神経を周囲全てに集中する。

ガサッとわずかな物音が聞こえ、その方へ顔を向けると、風魔法で壁際に押しのけられていた黒衣の集団が立ち上がろうとしている音だった。

そうだ、こいつらがいたことを失念していた。いつの間にか風の魔法も発動が止まっている。

どこから命を狙っているのかわからない男のことに集中しすぎていた。

起き上がった黒衣の集団は、一斉に襲いかかってくる。

「ッ!!　眠ってろ!!」

俺は再び雷電魔法を発動し無数の雷の鎖を作り出す。

雷の鎖は黒衣の集団を次々と拘束して感電させていった。

――死ぬ。

不意に、獣の直感が俺の命の危機を告げてきた。

頭を横に逸らすと、刃が目の横を掠《かす》める。

「まじか」

驚きの声が背後から聞こえ、俺は雷の鎖を操り背後を襲う。

だけど手応えは全く感じない。

「あーもう、めんどくさいなぁ!!」

もう他の有象無象《うぞうむぞう》はどうでもいい。

隠れて感知できない奴をバカ正直に相手にするのはやめた。

俺はいつの間にか椅子に座って余裕をかましている、ニヤけ面のコホスへと向かった。

即死に繋がりそうな攻撃は獣の直感のお陰で回避し、そうじゃない攻撃は自分の体で受けて神聖魔法で回復する。

そうして、座るコホスのすぐ前に着いた。

「マッド君、人形達を人質にガッ」

言いかけたコホスの首を掴み、片腕で軽々持ち上げる。

「グッ……私を……殺せば……あの人形は……皆殺し……ですよ」

首を絞《し》められたコホスの顔が真っ赤になる。

「知ったことか。お前らの仲間だろ。どうでもいい」

「ふ……マッド君……見せてあげな……さい」

意識を朦朧《もうろう》とさせながら指示を出すコホス。

するとマッドは一人の黒衣の者を掴み、頭の被り物を剥ぎ取った。

「⁉」

露《あら》わになったのは、意思を感じられない虚《うつ》ろな顔をした子供だった。

マッドは素顔が露わになった獣人の子供の首にナイフを当てる。

よく見れば、子供の頭には傷がある……いや、あれは獣人の耳がある位置だ。

まさか……

「全員か……？　全員の被り物を取って見せろ」

俺は殺意を込めてマッドを睨みつける。

マッドは表情を引き攣らせながらも、他の人の被り物も取る。

――全員が獣人の子供だった。

腸《はらわた》が煮えくり返るとはこういうことか。

全身が怒りで爆発しそうになる。

しかしここで怒りを爆発させれば、先日の地下と同じことが起き、子供達が死んでしまう。

必死になって抑えていると、マッドが声を上げた。

「リョーマ様‼　コホス様を離してください‼　死んでしまいます‼」

「死ねば良い‼」

「コホス様を殺したら、この人形達を殺します‼」

ぐるぐるといろんなことが頭の中で巡る。

俺は殺したい気持ちをグッと抑えて、コホスの首から手を離した。

「ゴホッゴホッ」

ドサッと床に倒れたコホスは、激しく咳《せ》き込む。

「離したぞ。お前も人質を解放しろ」

「……できません」

「は？」

全ての魔力に殺意を乗せてマッドに向ける。

「や、やめてください……」

ガタガタと震えながらもナイフを獣人の子供に当てるマッド。

「ゴホッ……リョーマ様、落ち着いてください」

よろよろと立ち上がり椅子に座るコホス。

「言葉には気をつけろよ」

「……取引をしましょう。私とマッド君の命の保証をしてくれるのなら、大人しく貴方に捕まりましょう。それに、ノリシカ・ファミルについて私が知っていることを全てお話しします」

「……」

確かにこいつは以前、ノリシカ・ファミルはどうでもいいと言っていた。つまり、奴らを裏切って保身に走るのはおかしなことではない。

取引に応じる方が有益なことは大きいけど、こいつらを信用できないし、本気で殺したいほどに頭にきている。

だけど、あの獣人の子供達のことを考えると……

でも……でも……でも……激しく葛藤《かっとう》し、頭が痛くなってくる。

こんな時にスレイルやルシルフィアがいてくれたらと本当に思う。

俺はコホスを睨みつける。

「……お前はなぜ自分だけ逃げようとしない？　前は逃げただろ」

「あの時は、いざとなったら逃げられるよう、しっかりと対策をしていましたからね。いやぁ～、今回は本当に驚きましたよ。ここに現れるとは思いませんでしたから、逃げる準備なんてなんにもしてません」

愉快そうに笑みを浮かべるコホス。

「それで、どうですか？　取引に応じてもらえますか？」

「……簡単に組織を裏切れるんだな。報復が怖くないのか？」

「リョーマ様が私とマッド君の命の保証をしてくれるのなら怖くないですよ。私が情報を喋っちゃえば、リョーマ様がノリシカ・ファミルを潰してくれるでしょう？　むしろそっちの方がすごく面白そうだ」

そう言って深い笑みを浮かべるコホス。

「クソ野郎が……情報を全部吐かせた後に殺されるなんて考えないのか？」

「それはしないでしょう。リョーマ様が私達を殺したいと本気で思ってるのは重々承知してますよ。でもリョーマ様、まだ人間を殺したことはないでしょう？」

そう言われて一瞬ドキッとする。

「甘ちゃんの甘々なんですよ」

そう言って笑みを浮かべるコホスが憎たらしい。

「はぁ……わかった。お前らの取引に応じよう。ただし、逃げようなんて考えるなよ」

俺はスマホを取り出してコホスの顔写真を撮る。これでどこに逃げようともマップで居場所を確認できる。

「ほうほうほうほう!!　それがリョーマ様の神器ですか!!　その神器で何をされたのですか？」

ニヤニヤしながら馴れ馴れしく聞いてくるコホス。

無視してマッドの顔の写真も撮ると、当人はビクリと体を強張《こわば》らせた。

まずは獣人の子供達を解放させ、傷の手当てをする。

一人ひとり体を確認すると、新しいものから古いものまで、様々な傷がある。

全員に神聖魔法を使うと、全ての傷が痕《あと》もなく癒え、切り落とされた獣の耳や尻尾が再生した。

それでも彼らの表情は虚ろで感情が感じられない。

コホスの話によると、これは彼らの実験のせいだという。

……やっぱりこいつらは殺しておいた方がいいんじゃないか。

詳しい話は後にして、ひとまず獣人の子供達をルシルフィアのところに送った。

隣の部屋は誰もいないということだから、コホスとマッドはそちらに移動させる。

獣人の子供達は黒い鈴の音で命令を聞かせることができるそうなので、それはコホスから受け取っていた。

まずは俺はスマホを取り出し、サンアンガレスの俺の執務室に続く転移門を起動する。

空間に穴が開いたところで、さっそく子供達を連れてそちら側に移動する。

俺の気配を感じたのか、すぐにルシルフィアが来た。

「おかえりなさいませ、リョーマ様」

「ただいま。急で申し訳ないんだけど、この子達をお願いして良いかな」

俺はそう言って事情を説明する。

「相当に耐え難い経験をしたのでしょう、魂が摩耗《まもう》してますね……可哀想に……」

ルシルフィアは本当に悲しそうな表情だ。しかしすぐにキリッとした表情になった。

「お任せください。私が責任を持って面倒を見ます」

ルシルフィアの言葉はすごく心強い。

彼女になら安心して任せられる。

「それじゃあ急いで片付けなきゃいけない問題があるから行くよ。スレイルや皆によろしくね」

「はい。お気をつけていってらっしゃいませ」

俺は元いた場所に戻り、転移門を閉じた。

隣の部屋に行くと、コホスとマッドは逃げずに待っていた。

仮に逃げられても、写真を撮っているから良いかと思っていたのだが……

コホスは自分が捕らわれているという意識がないのか楽しげに話をしていて、マッドはどうしたら良いのだろうと一目見てわかるくらいに頭を抱えている。

「二人とも来てくれ」

二人を連れて元の部屋に戻ると、コホスが首を傾げた。

「おや？　あの人形達は？」

「次人形と言ったら殺すぞ。言葉には気をつけろ」

「おっと、これは失敬」

俺とコホスのやり取りをハラハラしながら見るマッド。

マッドは俺を異様に恐れていて、目を合わせようともしない。さっきはあれだけ俺を攻撃してきたくせに、まるで別人のようだ。

「それじゃあ、ノリシカ・ファミルのことを洗いざらい話してもらおうか」

本や置物などが散乱する部屋の中、俺はコホスが座っていた椅子に腰を下ろして話を聞く。

「構成員は末端まで含めれば、大体七万人と言われています。各国で活動していますが、本拠地がここシャンダオなので、半分以上はこの国に潜んでるはずですよ」

「幹部の人数と居場所は？」

「大幹部が三人で、大幹部にそれぞれ直轄の幹部が七人ずつですね。自分は麻薬部門の大幹部の下にいる七人の内の一人です。シャンダオにいる他の幹部の居場所は――」

シャンダオにいる幹部の居場所を教えてもらう。

ボスは大幹部の前にしか現れないそうでコホスは会ったことがないという。名前も極秘とされていて、知っているのも大幹部のみなのだとか。

また、コホスがそうだったように、ノリシカ・ファミルは多くの獣人を攫っており、人体実験を行っていた。

攫った獣人は選別されて各国に送られるが、大部分はこのシャンダオに送られていたそうだ。

実験が行われているという場所を教えてもらったから、この後真っ先に壊滅させに行く。

「何の実験が行われてるんだ？」

「使徒に対抗するための人造英雄を作るって私は聞きましたね。強制的に身体能力を強化させて、詳しくはわかりませんが強力な力を覚醒させる薬を投与しているのだとか。実験の過程で生き残れるのは大半が子供で、薬の負荷なのか自我が消失するみたいです。さっきリョーマ様が相手にしていたあのにんぎょ……獣人の子供は実験の生き残りで、一定の基準をクリアしたということで私の護衛にと与えられました」

「……一定の基準とは？」

「さあ、私はわかりません」

「……基準をクリアできなかった獣人はどうなるんだ？」

「聞いた言葉をそのまま伝えるなら、〝廃棄〟とのことです」

人の命をなんだと思っているんだ。

爆発しそうな怒りを抑えながら、俺はギロッとコホスとマッドを睨む。

「私は正直に答えただけですので、殺すのはなしでお願いします」

飄々《ひょうひょう》と言うコホスとは対照的に、今にも気絶しそうなほどに萎縮《いしゅく》しているマッド。

「……わかってる。これはただの八つ当たりだ」

これまでの話を聞いただけでも、相当数の獣人が誘拐されて実験が行われたことがわかった。

本音を言えば、思いっきり魔法をぶっ放して組織の人間を全て消し去りたいところだ。

また、獣人関連の犯罪以外については、麻薬が組織の収入源の大部分を占めているという話だった。ただ、製造自体はシャンダオ国内ではなく、他国で作られたものをシャンダオを拠点に売りさばいているらしい。

他にも組織のことについて大体のことは聞けた。

「この情報に嘘があったら……わかってるな？」

「何一つ嘘はございません！　信じてください」

コホスはそう言うが、こいつが何を言っても胡散臭《うさんくさ》く見える。

「……とりあえずお前達は大人しくついてこい」

「これから何をなさるので？」

「まず初めに、人体実験を行ってる施設を襲撃しに行く」

「ほぉ！　それはなかなか刺激的だ！　ワクワクしちゃいますね」

悲惨な運命に巻き込まれた獣人達を救いに行くのに、その一因にも関わっているコホスはノリが軽い。フラストレーションがぐんぐん上がっていく。

これ以上何かを喋らせたらブチギレてしまいそうだ。

「……とりあえずお前らは俺の影に中に入ってろ」

影魔法を発動して二人を呑み込む。

「おぉ!?　これはどうなってるのですか!?　いったいどこに――」

二人は俺の影の中に沈み込み、これでようやく静かになる。

そもそも連れていく意味があるのだろうかと考えたが、こいつらを自由にさせておいたら、俺の目が届かないところで何かやらかしそうだという不安の方が大きかった。

入り組んだ通路を通って階段を上がれば、そこはボロボロの小屋だった。

その小屋を出ると、どこかの山岳の中腹のようだ。

スマホを出して地図を開き確認したところ、シャンダオの中でも隣国との国境近くということがわかった。

ギルナレイトからは相当離れていて、あの小部屋に仕掛けられた転移魔法陣が相当高性能だったことが窺える。

ただ幸いなことに、人体実験を行っている施設があるという街が近かったので、そこに向かうことにした。

さっそくスキルの飛翔を発動し、その町へと飛んでいく。

十分もしないうちにその町の上空に到着した。

この町にある調薬屋がノリシカ・ファミルが運営しているお店で、地下深くで実験が行われているのだとか。

アレクセルの魔套と隠密で準備を整え、音もなく薬屋の前に降り立つ。

外観や雰囲気的には特に変わった様子はなく、店内には町の人がいた。

薬を買いに来ているようで、店主は愛想《あいそ》よく接客している。

本当にこのお店の地下で壮絶な人体実験が行われているのかと思えないほど普通の店構えだ。

町の人がその薬屋に入るのに合わせて、スルリとお店の中に入る。

お店の中も特に変わった様子はない。

今入ってきた客は、しばらく店主と歓談をしてから、薬を受け取ってお店を出た。

これで店内は俺と店主だけだ。

しばらく店主を観察したけど、在庫整理をしたりお店の中を掃除したりと、至って普通、真面目で働きものだ。

その後も何人かお客さんが来て、日が暮れ始めた。

ここまで怪しい動きはなく、コホスの情報は嘘なんじゃないかと思えてきた。

「さて、それそろ店を閉めるか」

店主はそう呟くと、お店の出入り口の鍵を閉める。

そしてカウンターの中に入り、店の奥──薬の材料が置いてある部屋で、床に手を当てる。

次の瞬間、カタッと小さな音と共に一部の床板がわずかに浮かび、店主はその床板を上げる。

するとそこには、地下へ続く階段があった。

店主は棚に置いてある明かりの魔道具を手にして明かりをつけ、地下へ続く階段を降りる。

「……」

廃墟の洋館で見つけた地下と同じ臭いがしてくる。

店主について長い階段を降りていくと、苦しみ呻《うめ》く声が聞こえてきた。

その声は一つや二つじゃない。

たくさんの人の苦痛に耐える声に、心がざわつき胸を締め付けられる。

長い長い階段を降りきると、そこは地下牢《ちかろう》がズラッと並んだ空間になっていた。

どの牢も、若い獣人が収容されていた。

獣人達は店主の姿を見るだけで異様に怯《おび》え、店主はお店で働いていた時の雰囲気とは一変して極悪な顔つきになっていた。

そんな地下牢が並ぶ通路の奥には扉があり、その扉の向こうから、絶叫が響いてくる。

「チッ、相変わらずうるせぇな」

店主は悪態をつきながらもその扉の前まで行く。

開かれた扉の向こうはよりいっそう広い空間になっていて、何人もの獣人の子供が、石の台に仰向けで鎖で縛り付けられていた。

子供達は目玉が飛び出しそうなくらい目を見開き、こめかみに血管が浮くほどに叫び声を上げ、激しくのたうち回る。

こちらの部屋には科学者のような男が何人もいて、無表情で子供達の観察と記録をしていた。

部屋の隅には事切れた獣人の子供が乱雑に山積みにされていて、若い男がそれらを台車に載せて別の扉の向こうに運んでいるのも見て取れた。

俺は手を翳し魔法を発動する。

まずは泣き叫ぶ獣人の子の周囲に、氷を張る。その衝撃で鎖が砕けた。

「何が起きた!?」

驚きの声を上げる店主の男の後ろに立った俺は、その首を掴み強く握ってへし折る。

同時に隠密が解けて、俺の姿は周囲から認識されるようになった。

「な⁉」

研究者の男達にしてみれば、突然俺が現れたように見えただろう。

「だ、誰だ⁉」

俺に問いただす。

「……お前らは悪魔だ。どうしてこんなことができる？　命をなんだと思ってる‼」

怒り、悲しみ、苦しみ、憎しみ、あらゆる悪感情が胸の中で渦巻く。

「この子達の苦しみをなんで平然と見ていられる‼　この子達の叫びになんとも思わないのか‼

この子達の未来を‼　人生を‼　なんだと思ってるんだああああああ‼」

今、俺はどんな顔をしているだろうか。

研究者達は恐れ怯え、失禁し気絶している者さえいる。

「死ね。地獄に落ちて永遠の業火に焼かれて苦しめ」

俺の言葉には恐ろしいほどの魔力が込められ、それは呪詛《じゅそ》となった。

それを聞いた研究者は耳を押さえ目から血を流し、絶叫する。その直後、体から発火した。

苦しみを味わいながらゆっくりと体が灰となっていくのを、俺は最後まで見届けた。

全員が死んだのを確認して、縛られていた子供に神聖魔法をかけてから、コホスとマッドを陰から出す。

影の中から全てを見ていた二人は、心の奥底から恐れているようだった。

「……誰を怒らせたのかしっかり見てろ。どこにでも逃げられると思うな。俺は常にお前らの居場所を把握している。俺はお前達を殺さないと約束した。楽になりたければ自分で死ね」

何も言えない二人。

ただ恐怖に呑まれて汗をダラダラと流し平伏する。

「……はぁ」

怒りをある程度発散した俺だったが、犠牲になった獣人達のことを考え、悲しみがこみ上げてくる。

この場所は、怨念《おんねん》と恨みに満ち溢れている。

きっとここには、犠牲者達の魂も囚われているはずだ。

俺は神聖魔法を発動し、この場所で犠牲になった獣人達の鎮魂《ちんこん》を祈る。

淀《よど》んでいた空気が清浄に変わり、部屋の中は神聖な気で満ちた。

「どうか安らかに」

言葉を残し地下牢の方に戻る。

部屋から出た俺を見て、獣人の子供達の顔は恐怖に引き攣っていた。

それもそうか。

いつも悲鳴が聞こえる隣の部屋から出てきた人間だ。

しかもさっき、組織の人間の悲鳴が聞こえたことだろう。

次は自分の番かもしれないと考えて、恐怖に怯えているのかもしれない。

それが可哀想でまた悲しくなるが、俺は気を取り直して見渡す。

まともにご飯も与えられていないのか、どの子もやせ細り、牢屋内は汚れていて病気をしている子もいっぱいいいる。

本当に劣悪な環境だ。

まずはこの子達の病気や怪我をなんとかしないと。

俺は神聖魔法を発動して、子供達の怪我や病気を癒やし、汚れも浄化していく。

神聖魔法の作用もあってか、子供達の表情は幾分《いくぶん》か穏やかになった。

それでも俺に対する警戒心は完全には消えない。

「みんなお腹空いてるでしょ。ご飯をあげるから一緒に食べよう」

俺はそう言ってスマホを出して、妖精の箱庭で作られためちゃくちゃ美味しい野菜料理の数々を出す。

果物も飲み物も惜しみなく出して、それぞれの牢屋の中に入れた。

なぜ牢屋から出さずにそのままの状態で食事を与えたのか。

牢屋の中は彼らにとって辛い場所ではあるが、逆に言えばあの部屋とは別の、安全な場所という考え方もできる。

だからこそ、安心して食べてくれるのではないかと思ったのだ。

その作戦は成功だったようで、子供達は恐る恐る、しかしすぐにものすごい勢いで食べ始めた。

子供達が食べ終わるのを見計らって、語りかける。

「みんな、神の使徒って知ってる？」

俺の問いかけに数人の子供が反応した。

「……凄い人」

誰かがか細い声で答えてくれた。

「そう、使徒はね、凄い人なんだよ。そんな凄い使徒は、皆を悪い奴から助けるんだ」

「ほんと……僕達を助けてくれる……？」

幼い男の子が泣きそうになりながらも俺に聞く。

「絶対に助けてくれるよ。もう怖い思いをしなくて良いように」

「助けて、使徒様……」

誰かが言う。

「助けて……」

「お願いします……」

「助けてください……」

最初の声を皮切りに、その声はどんどん増えていき、大勢の子供は泣きながら必死に祈り始めた。

本当に助けてほしいという気持ちが伝わってくる。

俺は風魔法を発動し、優しい風で子供達を包み守る。

そして土魔法で地面を動かして、鉄格子を一斉に破壊した。

もう彼らを捕らえる牢屋はない。

子供達は恐る恐る、牢屋から出てくる。

俺はスマホで転移門を発動して、自分の執務室へ繋ぐ。

ルシルフィアは転移門に気付いたのか、すぐに執務室に現れ、こちらに転移してくる。

「リョーマ様、どうしました？」

「度々ごめんね」

俺はルシルフィアに簡潔に事情を説明する。

「――ってことなんだ。この子達もお願いしていいかな」

「お任せください」

快く引き受けてくれる。

俺は子供達の方を振り向いて、精一杯の笑みを浮かべた。

「みんな、俺が使徒だと言ったら信じてくれるかな？」

「信じる！　ここから出してくれて僕達を助けてくれた凄い人！　だから使徒様でしょ！」

幼い男の子がそう言ってくれる。

他の子供達もうんうんと頷く。

「ありがとう。それじゃあこのお姉さんが皆を安全な場所に連れてってあげるんだけど、ついてってくれるかな？」

「行く！」

別の男の子が答えた。

俺よりも神聖な空気をまとうルシルフィアに子供達は安心感を見せる。

そしてルシルフィアの言うことを聞いて、転移門を通り抜けていった。

「この後も子供達を助けていくから、お願いしていいかな？」

「はい。私にお任せください」

ルシルフィアは優しく微笑む。

荒んでいた心も彼女の笑顔で癒やされるな。

そしてルシルフィアも執務室に戻ったところで、俺は転移門を閉じた。

さて、次の場所に行かなくちゃ。

そう思って出口に向かおうとした時、不意に呼び止められた。

「リョーマ様、お待ちください」

声のした方に振り向くとコホスとマッドが立っていた。

完全に二人のことを忘れてた。

「……何？」

「私達を信用できないのは重々承知です。ですがこれだけは言わせてください。私は絶対にリョーマ様を裏切らないと誓います。どんなご命令にも従い、遂行してみせます。なのでどうかこれからもご同行させていただいてもよろしいでしょうか」

二人は跪き頭を下げる。

俺に付き従い忠誠を誓うというが……何を言ってるんだ？

俺は冷ややかな目でコホスを見下ろす。

「……正直な気持ちを言えば、俺はお前達を今すぐにでも殺したい。お前の言う通り、俺は人を殺したことはなかった。だから誰も殺さないように気をつけてきた。だけど、さっき初めて人を殺したよ。本当に最悪な気分だ。俺はお前が言う通り甘い人間だった。だけど、もう甘い俺はいない。さっきお前らの組織に、俺の甘さを殺されたんだ」

ガッとコホスの首を掴み力を強める。

「もうお前は用済みだから今ここで殺してしまおうか」

「クァッ……」

しかしコホスは全く抵抗する素振《そぶ》りを見せず、苦しそうに顔を歪ませながらもまっすぐ俺の目を見る。

俺に忠誠を誓うと決めた以上、今ここで殺されても良いと思っているのだろうか。

その覚悟を感じた俺は、パッと手を離した。

「ゴホッゴホッ……」

「コホス。お前の上司だという大幹部の首を持ってこい。話はそれからだ」

「かしこまりました」

大幹部ともなれば、厳重に警護がついているはず。

そいつの首を取りに行けということは、死にに行けと言ってるようなものだけど、コホスは深い笑みを浮かべてそれを了承した。


それから俺は、次々と人体実験を行っている施設を急襲した。

そこにいた組織の関係者は皆殺しにして、保護した子供達をルシルフィアの元へ送り届ける。

そうして翌日の昼に差しかかる頃には、五つの場所を潰していた。

「――とりあえず、次が最後か」

そう呟きながら、人体実験を行っているという情報を与えられた最後の場所に向かう。

やってきたそこは、グアンマーテルから程近い小さな街の屠殺場《とさつじょう》だった。

この施設は随分前からノリシカ・ファミルの手に落ちており、表向きは屠殺場として、しかしその裏では組織の重要な役割を担う施設となっているそうだ。

地下に作られた空間で、拷問や人体実験が行われているという。

働く従業員は構成員で、責任者は幹部の一人とのことだった。

俺は難なく入り込むと、屠殺場を制圧する。

そして捕らえた従業員の一人に、巧妙に隠された地下へと案内させた。

地下には他の場所に比べて牢の数が多く、獣人以外にも人間の姿が多く見られた。

人間のほとんどは目隠しされて鎖に繋がれた状態で、獣人は他の場所に比べて酷い扱いを受けているように見える。

今すぐ彼らを助けてあげたいけど、まずはここの幹部を潰すのが先だ。

そう思って奥へ進むのだが……ふと、とある牢屋の前で足が止まった。

なぜかここを通り過ぎてはいけない気がしたのだ。

中を見ると、そこには鎖に繋がれ、力なく倒れ込んでいる人間の男がいた。

酷く暴行を受けたのか衣服の至るところから血が滲み、顔は腫《は》れ上がっている。口からも血が流れており、呼吸が浅い。

今すぐ死にそうな雰囲気だ。

俺はスマホを取り出しインベントリからフェアリーポーション——欠損の再生はできないが、重度の裂傷などの怪我や大抵の病気は一瞬で治ってしまう万能薬を取り出して、念動魔法で操ってその男の口に流し込む。

わずかに飲み込む反応を見せると、男の傷がみるみるうちに治っていった。

「な、んで……」

急に怪我が治ってひどく困惑する男。

ボコボコで腫れ上がっていた顔も治っていき……その顔に、どこかで会ったような既視感があった。

男は檻《おり》の前にいる俺に気が付いて怯えるが、気にせずに問いかける。

「君、名前は？」

「ルマ・デコッサです……」

「デコッサ……？　もしかして、ベンジャーノの……？」

「そ、そうです!!　私はベンジャーノの息子です!!　助けに来てくれたのですか!?」

ルマは希望を抱いた表情でこちらに近寄ろうとするが、鎖に繋がれて動きが阻まれる。

なるほど、どこかで会ったことあるような気がしたのは、彼がベンジャーノに似ていたからか。

しかし、ベンジャーノはノリシカ・ファミルのボスのはずだ。

そのボスの息子がなぜここにいる？

ボスの顔と名前は大幹部しか知らないということだから、ルマがボスの息子だと知らない幹部によって捕まったのか？

「お願いします!!　ここから出してください!!　そして父ベンジャーノを助けてください!!」

「……どういうこと？」

「私と父はモルターナーズ・オークションの後、襲撃を受けてここに連れてこられたのです!!」

ベンジャーノが行方知らずになった時期と一致する。

それに、彼の必死の訴えは、嘘だと感じられない。

嘘じゃないのなら……嘘じゃないのなら何なんだ？

ベンジャーノはノリシカ・ファミルのボスじゃないのか？

じゃあ、ディダルーとアドンの言っていたことは何だったんだ？

それとも、ベンジャーノもボスだと知られずに捕まってここに連れてこられたのか？

だがそれなら、俺が襲撃される理由はなんだ？

わからないわからないわからない。

なにがなんだかわからなくて酷く混乱する。

「……ベンジャーノは……ここに連れてこられたんだな……？」

「はい!!　ここに連れてこられてから引き離されたので、今はどこにいるのかわかりませんが、一緒に連れてこられたのは本当です!!　だからお願いします!!　助けてください!!」

地面に額をつけて願うルマ。

混乱して頭が痛いけど、本来の目的である研究所の壊滅をしないと。

だけど、何かの手がかりになるかもしれないこの青年を放っておくことはできない。

俺は影魔法で檻の中に侵入し、繋がれている鎖を無造作に引き千切る。

「話は後で聞くから、とりあえず俺の影の中に入っててくれ」

俺の影の中に入れる。

「ま、待って!! 父さんを、父さんを助け」

ルマは影の中に沈みゆく中、必死に訴える。

しかし俺はそれを無視すると、再び影移動で檻を出て、地下牢の通路を奥へ向かった。

その道中、ずっとルマの言葉が頭の中をぐるぐると回っていた。


通路の奥には二つの扉があり、左側の扉からいくつもの壮絶な絶叫が聞こえた。

おそらく、俺の襲撃に気付いていないのだろう。

俺が扉を開けて中に入ると、研究員や構成員らしき連中が一斉に俺の方を向く。

俺は有無《うむ》を言わさず魔法で殺し、実験の最中だった獣人の子を保護する。

その場にあった研究道具らしきものも全て破壊して、俺はもう一つの方の扉へと向かった。

そちらには様々な拷問器具が置いてあり、壁一面が血と肉片と毛髪らしきもので悍《おぞ》ましく汚れていた。

少し前の……いや、一昨日までの俺だったら、これを見ただけで暴走していたかもしれない。

しかし昨日今日と地獄を見てきたためか、悲しくはなるものの、必要以上に魔力が昂《たかぶ》ることはなくなっていた。

拷問部屋の奥は通路に繋がっており、そちらから何人もの呻き声が聞こえる。

その通路を通っていくと、その先にも牢屋があり、何人も倒れ伏していた。

彼らは皆、凄惨な拷問を受けた痕跡《こんせき》がある。

無数の鞭《むち》の痕が残った者、皮膚が剥がれ、四肢や耳、鼻を欠損した者、舌や歯を抜かれたのか言葉にならない言葉で呻く者。

正気を保っている人はほとんどいないようだ。

俺は怒りを抑えつつ彼らに神聖魔法をかけ、進んでいく。

そして一番奥の牢屋に、その人はいた。

「ベンジャーノさん……」

彼は四肢などの欠損などはないものの酷い有様《ありさま》で、生きてるのがやっとのように見える。威厳と風格を感じていた見た目は見る影もない。

この人が本当にノリシカ・ファミルのボスなのか……？

なんで拷問を受けているんだ……

俺の影からこの光景が見えたのであろう、ルマが酷く嘆いているのが伝わってきた。

鉄格子を掴み少し意識して力を加えると、いとも簡単にぐにゃりと曲がる。

人一人が通れる隙間ができたところで俺は中に入り、ベンジャーノの肩に手を置いた。

目と耳も潰されたベンジャーノは、俺が肩に触れて初めて人がいると察知してひどく怯える。

舌も歯も抜かれているのか、アウアウと言葉にはなってないけど、助けてほしいと命乞《いのちご》いをしているのはわかった。

これだけ酷い状態なのに生きていられるのは、ベンジャーノがたぐいまれな耐久力と精神力を持っているからなのだろう。

神聖魔法を発動すると、青い光がベンジャーノを包み込み、すべての傷と欠損を再生する。

「やめてくれ……もうやめてくれ……私が何をしたと言うんだ……」

全身の傷が治ってもなお、うわ言のように呟くベンジャーノ。

「もう大丈夫です。落ち着いてください。ベンジャーノさん!!」

俺の言葉にビクッとしてこちらを見上げるベンジャーノ。

虚ろだった目の焦点が合う。

「リョ……リョーマ様……!!　良かった……」

安堵《あんど》したように涙を流すが、すぐにハッとする。

「リョーマ様!!　どうか助けてください!!　大事な一人息子が……奴らの手に……」

俺に縋ってくるベンジャーノを落ち着かせ、影からルマを出しあげると、二人は抱き合ってお互いの無事を喜ぶ。

二人が落ち着くのを見計らって、俺は早速切り出した。

「ベンジャーノさん、これからのために大事な話をさせてください」

「そ、そうですね……私達を救出した謝礼を……」

「違います。今、貴方にはある嫌疑《けんぎ》がかかってます。まずこの人を見てください」

俺は影の中から、暗殺者のアドンを出して顔を見せる。

「この人に心当たりはありますか？」

「いえ……誰ですかこの人は……？」

本当に知らない人を見た時のような反応を見せるベンジャーノ。

どう考えても演技には見えない。

「わかりました……ひとまずここを出ましょう。安全な場所に案内しますので、俺の影の中に入ってください」

「はい……わかりました」

ベンジャーノは状況を掴めていないだろうに、素直に頷く。

ベンジャーノとルマ、アドンを影に入れた俺は、他の牢屋内にいた拷問を受けた人達を癒やしていく。

ただ、全身が再生しても、正気を失ったままの人が多い。

気を保っていた人は心底安堵して涙を流し、喜びを噛み締めていた。

詳しい話は後で聞かせてもらうことにして、彼らには一旦その場で待っていてもらい、拷問部屋の外の地下牢へ向かう。

そこで話を聞いたところ、どうやら地下牢にいた人達は、ノリシカ・ファミルと揉《も》め事があっただけの一般人が多いようだった。中には、揉めた相手がノリシカ・ファミルとは知らずにいきなり連れてこられただけの人もいた。

それぞれの詳しい事情はまた改めて、シャンダオの人達に協力してもらって聞き込むことにして、俺は拷問部屋の方に戻った。

問題は拷問を受けていた人達だった。

正気を保っていた人に事情を聞くと、彼らはここがノリシカ・ファミルの拠点であることを把握していたようだった。

どうやら、ノリシカ・ファミルにとって有益となる情報を持っている人や、組織にとって不利益になる人間と判断された人達が連れてこられているらしい。

しかも家族や親しい者もまとめて攫われていたようだ。全くノリシカ・ファミルについて知らないのに拷問された者も多いということだろう。

彼らについても、シャンダオに任せてしまおう。

俺の目的は獣人の保護とノリシカ・ファミルの壊滅なのだから。

「皆さん、ついてきてください」

他に隠れている人や、隠されている場所がないか十分に確認してから、全員を連れて屠殺場を出る。

安全な距離まで移動した後は、俺は屠殺場を猛炎《もうえん》で焼き尽くした。

単純に不快な施設を潰すというのもあるし、俺に敵対したノリシカ・ファミルは最終的にこうなるぞという、連中に対する明確な宣戦布告でもある。

奴らはこれをどう見るだろうか。


突然大きな火事が起きたことで街中が騒ぎとなり、人々が集まってくる。

この炎は俺の魔法で制御しているから、延焼することはない。

屠殺場が完全に燃え尽きるのを確認した俺は炎を消した。

ちょうどそのタイミングで、人だかりを掻き分け市長を始めとした街の有力者がすっ飛んできたので、彼らに俺の身分を明かしてベンジャーノに関わること以外はすべて説明した。

まさかこの屠殺場が極悪な組織に利用されていたとは思ってもいなかったようで、彼らは心底驚いていた。

シャンダオ政府への報告と、政府の担当者が来るまでの被害者達の保護も、快く引き受けてくれた。

俺は市長が用意してくれた部屋でひとまず休むことにする。

休んでいる間は誰も部屋に入らないようにお願いした。

俺は自分の影に入り、ベンジャーノと顔を合わせる。

「……本来なら何よりも早く、ベンジャーノさんを救出したことをアドニスさん達に報告するべきなのですが……」

そう言うと、ベンジャーノは察して頷く。

「……私に聞きたいことがございますのでしょう?」

「はい。大事な話なのでルマさんは一旦影から出てもらえますか?」

「は、はい!!」

素直に言う通りにしてくれるルマ。

彼を俺の影から出した。

「ベンジャーノさん、率直に聞きます。俺はとある情報筋から、貴方がノリシカ・ファミルのボスだと聞かされています。そもそも俺がこの国に来たのは、ノリシカ・ファミルを壊滅させるためにボスである貴方を捕まえるためです」

「ちょ、ちょっと待ってください!! 私がノリシカ・ファミルのボスですか!?」

目を見開き仰天するベンジャーノ。

演技には見えないが、演技だった場合はもう称賛するしかない。

「ありえません!! 一体誰がそんなことを!!」

憎々しげな表情をするベンジャーノ。

「……ディダルーです」

この名前を出すか出さないかは悩んだのだが、出して正解だったようだ。

ベンジャーノは目を大きく見開く。

「なんだと⁉　有能だから特別目をかけていたのに……なぜだ⁉」

予想もしておらず相当ショックだったのだろう、力なく項垂《うなだ》れる。

「俺は始めて彼とコンタクトを取った際、とある計画について聞きました。それは……使徒懐柔計画」

俺がそう言うと、ベンジャーノはビクッとする。

使徒懐柔計画自体は存在していたようだが……この際それはどうでもいい。

「何故ディダルーがそれを俺に教えてくれたのか。彼は自らの目的を話してくれました」

そう言って、彼がアイロス王国出身で、とある理由からベンジャーノへ復讐しようとしていたということを話す。

ベンジャーノは動揺しつつも、思い出すような仕草をする。

「アロイス王国……？　アロイス王国……イシュメルの国か‼」

イシュメルというのは、ディダルーの父親が栽培と販売を行っていた薬草だ。

正しい調合を行えば万能薬となる薬草だが、調合次第では強い幻覚作用を持つ麻薬になるという一面を持つ。

ディダルー曰《いわ》く、ベンジャーノは薬草の利権を奪うために父親を陥《おとしい》れて無実の罪を着せ、ディダルーの家族は彼以外が殺されてしまった。

そのためディダルーは復讐のために顔を変えてベンジャーノの右腕となり、機会を狙っていたのだという。

俺がディダルーから聞いたその話を教えると、ベンジャーノは異を唱えた。

「違います、なんですかそのでたらめな話は!!」

ベンジャーノは息をつくと、まっすぐに俺を見て訴えてくる。

「確かに私はアロイス王国でイシュメルという薬草を手に入れました。しかしそれは決して麻薬のためではありません。むしろ、犯罪組織と手を組んでイシュメルを麻薬として売りさばいていたのは奴の父の方です！　私はそれを暴き、奴の父親は麻薬を製造し売りさばいていた罪で王国に捕まったのですよ!!　それで私はアイロス王国より、麻薬の蔓延から国の危機から救ったとして褒美を賜ったのです!!」

真剣な訴えだ。

「褒美というのは？」

「短剣と、アロイス王家の刻印が施された金杯です。感謝の証としていただいた書状も一緒に、特別な場所に保管してあります!!」

「それを見ることはできますか？」

「もちろんです」

力強く頷くベンジャーノ。

やはり嘘をついているようには感じられないが……ベンジャーノとディダルー、どちらを信じるべきなんだ？

だが……

「それなら……その男はなんで嘘の情報を話したんだ」

俺は暗殺者アドンに目を向ける。

俺はアドンの襟を掴んで片手で持ち上げ、猿轡《さるぐつわ》を外す。
二、三度平手打ちをすると、アドンは意識を取り戻す。
「正直に答えろ。お前はベンジャーノの直属の部下の暗殺者で間違いないのか？」

「ウ、グッ……そ、うです……私は……ベンジャーノの直属の……暗殺……」

しかしベンジャーノが険しい表情を浮かべる。

「ふざけたことを言うな!!　私はお前のことなど知らない!!　そもそも暗殺者など部下にはいない!!」

「グァッ!?　べ、べ、べ、ベンジャー……ノ……ベンジャアアアアア……」

アドンの様子がおかしい。

何かに抗うように苦しみの表情を浮かべているのだ。

直後、目や耳、鼻、口から血が流れる。

「べ、ググググ!!　グアアアアアア!!」

おびただしい量の血を吐き出すアドン。

慌てて神聖魔法を発動するが、アドンの体から邪悪な力が溢れて神聖魔法を押しのける。

『あと……一歩だった。使徒リョーマ……明日、あの場所で……待つ』

アドンの口からそんな別人の声が聞こえた後、アドンは白目を剥《む》いて動かなくなった。心臓はもう動いていないようだ。

まるで余計なことを言わないように、遠隔《えんかく》で殺されたように思える。こうなると、ベンジャーノの名前を出していたのも、操られて偽の情報を吐いていたのかもしれない。

あの場所、か……

仮にベンジャーノの言葉に嘘がないとすれば、真実は一つだ。

「い、今のは……」

ベンジャーノは唖然《あぜん》とする。

「は、なんだそりゃ……」

アドンを手放すとドサリと倒れる。

「躍らされてたのか……？　はは……意味わかんね」

「リョーマ様……？」

「え、あぁ……すみません。疑いをかけてすみませんでした……」

「い、いえ……それより大丈夫ですか……？」

「大丈夫……だと思います。ベンジャーノさんとルマさんは必ず安全にグアンマーテルに届けますので……今しばらくこの影の中にいてください」

「かしこまりました……」

俺はアドンの死体を手に、影の外に出る。

「あ、リョーマ様!! って、その人死んだのですか!?」

「ルマさん、話は終わりました。これはいろいろあって……」

「大丈夫ですか……？」

心配される。

だけど、俺はそれに苦笑いでしか答えられなかった。

それくらい一気に疲れが押し寄せたような虚無感《きょむかん》に襲われていたのだ。

俺はただの道化師《どうけし》だったのかと悔しさがこみ上げる。

「……ルマさん、もう少しの間だけ俺の影の中にいてください。必ずグアンマーテルに送り届けますので」

「は、はい」

俺を心配そうにしながらも大人しく影に沈んでいくルマ。

「あ、そうだ」

「は、はい!! 何でしょうか!!」

「お腹空いてますよね。これ、ベンジャーノさんと一緒に食べてください」

俺はスマホから、妖精の箱庭産の料理と飲み物を出してルマに渡す。

「ありがとうございます!!」

それらの品々は影の中に消えて、ルマも影の中に入っていった。

死体は転がっているけど一人になった部屋の中、深くソファーに腰掛けて少しの間だけ目を瞑る。

「はぁ……何が真実なんだ……」

ベンジャーノの言葉に矛盾《むじゅん》はなかったし、嘘をついている様子もなかった。

つまりディダルーが嘘をついていた可能性が高いわけだが……

何を考えているのか、本人からしっかりと聞きたいものだ。

そしてそもそもの彼の話が全て嘘だった場合。

ノリシカ・ファミルのボスは一体誰なのか。

予想はできる。

だけどそれはあくまで予想にすぎず、あまりそれを信じたくはない。

もしかしたら、真の黒幕が操っていたのかなんて考えるけど……俺の中ではもう答えは出ているようなものだ。

「それも全部、本人に聞けばわかることか……」

これ以上うだうだ考えてもしょうがない。

疲れきった俺は、そのまま意識を手放すことにした。

第7話　若き商人の正体

翌朝、日が昇るとともに俺の意識は覚醒する。

あの後ソファーに座ったまま眠ってしまっていたようだ。

まったく、最悪な目覚めだ。

一刻も早く首都に戻るため、早朝ではあるが市長に挨拶をして街を後にする。

ちなみにアドンの死体はどうするかと思っていたのだが、インベントリに入れることができたから一応は解決した。

インベントリに入れるのはものすごく嫌だったけど、市長達に説明して処分させるのも面倒だったから仕方ない。

街を出た俺は、スキルの飛翔であっという間に首都グアンマーテルに到着した。

そして一旦、タオルクとルインがいる、アドニスの屋敷の部屋に行く。

「おかえりッス!!」

「おう、随分長い用事だったな。済んだのか？」

二人はどこか心配そうな表情だ。

「まだ途中かな。アドニスさんを呼んでくるようにお願いしていいかな」

「わかったッス!!」

ルインは部屋を出ていく。

「なんかあったのか？」

「まぁ、あったことにはあったかな……疲れたよ……」

「なんか凄いやつれた感じだな。大丈夫なのか？」

「そんなにやつれてるように見える？」

「結構な」

「そりゃまずいね」

苦笑しつつ、自分に神聖魔法をかける。

清浄な空気に包み込まれ、気分が多少リフレッシュした。

「これでどう？」

「だいぶましになったな」

「よし！」

俺は自分の両頬をパシンと強く叩いて気合を入れる。

それからすぐにアドニスが部屋に来た。

「お戻りになられましたか……頬が赤くなってますが大丈夫ですか？」

「だ、大丈夫です」

恥ずかしくて少し顔を背けてしまう。

だけどすぐに真顔に戻してちゃんとアドニスを見る。

「まずは朝早くにお呼び立てして申し訳ありません」

きちんと謝罪して頭を下げる。

「いえ、とんでもない！　お呼びとあればいつ何時《なんどき》でも馳《は》せ参じる所存でございます」

「ありがとうございます。今回お呼びしたのはベンジャーノさんの件です」

「奴を見つけたのですか⁉」

「はい……そのことについてまず謝罪させてください。ベンジャーノさんはノリシカ・ファミルのボスではありませんでした。とある人物の策略で、ベンジャーノさんをノリシカ・ファミルのボスだと思い込まされていました」

俺はあの街での経緯を詳しく話す。

アドニスは最初は驚愕していたが、ベンジャーノとルマが捕まって拷問を受けていたと話すとワナワナと怒りを露わにする。

その怒りは凄まじく、あまりの迫力にタオルクとルインは気圧《けお》されていた。

俺は二人の肩に触れて魔力で包み込み、それを和《やわ》らげる。

しばらく怒りを露わにしていたアドニスはすぐに落ち着きを取り戻して魔力を抑える。

「……お見苦しいところをお見せしました。大変失礼いたしました」

深々と頭を下げるアドニス。

「大丈夫ですよ。今から二人を出します」

影からベンジャーノとルマを出す。

「ベンジャーノ!! 大丈夫か!?」

「私は大丈夫だ。だが私がノリシカ・ファミルのボスじゃないことなんて、長年共に働いてきたのだからわかってくれてもいいだろう」

そう言われて、アドニスは一瞬言葉に詰まる。

「うぐっ……仕方がないのだ！ リョーマ様が暗殺されかけて、その暗殺者がお前の名前を吐けば信じずにはいられないだろう。それに私とお前の立場が逆だったなら、お前もそう信じただろう？しかし、全ては仕組まれていたものだったとはな……よくも我が国で好き勝手してくれたものだ」

アドニスは改めて怒りを露わにする。

「自分はこの後、その黒幕と思われる人物に直接会ってきます」

「お一人で行かれるのですか!?」

アドニスは難色を示す。

ベンジャーノも「それは危険です！」と俺を諭した。

しかし俺は首を横に振る。

「いえ。おそらく相手は、自分と一対一の対話を望んでるのだと思います。それに奴はここまで緻密に計画を立ててきています。もしかすると、俺が奴と対面している間に、何か事件を起こすつもりなのかもしれない。お二人には、十分な警戒と対応をお願いします」

俺の言葉に、アドニスもベンジャーノも頷いた。

「かしこまりました。私の持つ戦力は、ベンジャーノ捜索のためにこのグアンマーテルに集めておりますので、警戒に当たらせましょう……ベンジャーノ、お前がいない間の仕事が溜まっているぞ。まずはお前の主力を集めろ」

「あぁ」

「それでは急いで準備をしてまいりますので失礼いたします」

アドニスは深々と頭を下げて部屋を出た。

「リョーマ様、私と息子の命を救ってくれたこと、感謝いたします。この御恩は一生忘れないとともに、全身全霊をかけて報いる所存でございます。私にできることがございましたらなんでもお申し付けください」

ベンジャーノとルマは深く頭を下げる。

「では私もさっそく仕事に取りかかろうと思います。失礼いたします」

そして揃って部屋を出ていった。

「さて、俺も行くか」

「もう行くのか？」

俺が伸びをしながら言うと、タオルクが問いかけてきた。

「うん。もう早く終わらせてみんなのところに帰りたいよ……」

「だな」

「早くみんなに会いたいッス！」

「もう少しの辛抱だ。二人とも面倒に巻き込んでごめんね」

「いい酒で手を打つぞ」

タオルクは冗談を言う。

「それじゃあ俺は凄いお宝が良いッス！」

便乗して悪戯《いたずら》っぽく笑うルイン。

「はは、わかった。全部終わらせたらとびっきりのを用意するよ。それじゃあ行ってくる」

俺はアレクセルの魔套をまとい、隠密を発動して窓から出る。

向かうはディダルーとの密会の場所。

彼からすべての話を聞かなきゃいけない。

あっという間にいつもの場所に辿り着いたのだが……建物は普段とは違う、どこか禍々《まがまが》しい、異様な雰囲気に包まれていた。

フッと地面に降り立ち建物の中に入る。

いつもいたおっさんはどこにもおらず、そのままカウンターに入り奥に隠れている地下への階段を降りる。

階段を降りていくと、徐々に禍々しい空気が強くなっていく。

一番下まで降り、扉の前。

ギーアの姿はなかった。

ドアノブを回して扉を開けると、雰囲気のせいか部屋の中はいつもより暗く感じる。

そして奥の椅子には、普段通りの様子ではあるが異様な気配を発しているディダルーが座っていた。

扉を開けた俺を、ジッと俺を見ている。

俺は部屋の中に足を踏み入れて扉を閉め、彼の目の前に座った。

「お待ちしておりました、リョーマ様」

「ディダルーさんで間違いないですよね?」

「はい。私は私です」

確かに目の前にいるのはディダルーだ。

だけどその雰囲気のせいで、俺の知っている彼には到底見えない。

これが本来の姿だとでも言うのだろうか。

「いろいろ聞きたいこともおありでしょう」

「えぇ、まぁ。答えてくれるんですよね？」

「私はそのためにここにいますので」

邪悪な笑みを浮かべるディダルー。

もうそれだけでも、俺の欲しい答えを言っているようなものだ。

この男は邪悪な存在だ。それを完全に隠しきっていたなんて、まんまと騙《だま》された。

「それじゃあまず最初に、ディダルーさんは何者ですか？」

「勘付いているのではないですか？」

「予想はしてます……でも本人の口から聞きたいです」

「わかりました。これが聞きたいのでしょう？　ノリシカ・ファミルのボスは私です」

「ッ!!　そうか。やはりお前が……」

思わず攻撃しそうになるが、まだ聞きたいことはたくさんある。怒りをぶつけるのはその後だと、必死に感情を抑える。

「俺に接触してきた目的は何だ？　何を計画している？」

「そうですね……まず、貴方は私の計画にとても都合の良い存在でした。他の使徒達は既に基盤ができており不動。それにあんな化け物を相手にしてたらあっという間に潰されたでしょう」

「……計画とは？」

「シャンダオを手に入れることです。私はこの国のすべてが欲しい。この経済力も軍事力も、どんな宝にも勝るでしょう。まずこの国を手に入れるために、ノリシカ・ファミルという組織を作りました。麻薬を作るノウハウはうちにありましたからね。簡単でしたよ」

ディダルーの言葉に呆気《あっけ》に取られる。

シャンダオを手に入れると本気で言っているのだ。

そして、そのために計画し実行しているその行動力と実力に戦慄《せんりつ》する。

「本当にあと一歩だったのですよ。ベンジャーノをノリシカ・ファミルのボスに仕立て上げ、姿を隠したと見せかけて殺し、リョーマ様はそのままノリシカ・ファミルそのものを潰す。貴方の信用を得て、私はベンジャーノに成り代わる予定でした」

確かにこいつの言う通り、俺はアドニスにこいつを推薦していた。

「……なぜベンジャーノをすぐに殺さなかった。あの屠殺場にベンジャーノとルマがいなかったら、俺は今でもお前を信じていただろう」

「ベンジャーノの情報をすべて手に入れるためですよ。特に、奴の死後に調査された際に、リョーマ様が私の正体に辿り着かないよう、とある宝を処分する必要があったのでね。なかなか口を割りませんでしたが」

その宝というのは、アロイス王国から下賜《かし》された金杯と感謝の書状のことだろう。

確かに調査中にそれを見つけていたら、アロイス王国で起きた真実に辿り着き、ディダルーの話に矛盾があることに気付いたかもしれない。

しかし情報を得る前に、俺があの屠殺場を制圧してしまったということか。

「リョーマ様のお力を把握しきれなかったのも計画が失敗した一つですね。あの屠殺場に辿り着くのが早すぎですよ。誰かが親切に教えてくれましたか？」

俺の目をまっすぐ見て笑みを浮かべるディダルー。

「ベンジャーノがいなくても、俺がノリシカ・ファミルの隠れ家や拠点を襲撃し、幹部や大幹部を見つけ出せばお前の情報を吐かせてただろう。その場合はどうするつもりだったんだ？」

「大丈夫ですよ。私の正体を知っている大幹部の三人は先に始末しておきましたから」

事もなげにそう言って、三つの首をテーブルに置くディダルー。

俺はその光景に息を呑んで瞬間的に目を背ける。

「大幹部三人が残した書類、持ち物、家、家族——私の情報が万が一にも残りそうなものはすべて処分済みです」

あまりにも悍《おぞ》ましすぎる。

「あ、そうそう、ついでにこれも見てください」

ディダルーはコホスとマッドの首もテーブルに置く。

「ッ⁉　ウッ‼」

吐き気がこみ上げてくる。

「お喋りがすぎたようですから、処分しておきました。リョーマ様、顔色が優れないようですが大丈夫ですか？」

「だ、まれ……くそ……」

二人には大幹部の首を取るよう命じていたのだが……もう殺されているとは思わなかった。

「さぁ、他に聞きたいことはありませんか？」

俺はなんとか精神を落ち着かせ、息を整える。

「……獣人達に行っていた人体実験……あれはなんなんだ……」

「あぁ!!　あれですか!!　対使徒用に研究していた、人造英雄兵器実験です。シャンダオを手に入れて計画は終わりじゃありませんからね。次の計画のために使徒は厄介な存在ですから、その使徒を抑える力が必要だったのです……まぁその計画も無意味になりましたけどね」

やれやれと首を振るディダルー。

「そんな計画のせいで一体どれだけの獣人が犠牲になった!!」

「えーと……たしか報告によれば、二万六千人ですね。すみません、細かい数字は把握していないもので」

予想以上の数字に、俺は一瞬言葉に詰まる。

「この野郎!!　ふざけるな!!　命を冒瀆《ぼうとく》して無意味もクソもないだろ!!　自分のしでかしたことに

責任を持て!!」

俺は勢いよく椅子から立ち上がりながら神聖魔法を発動する。

神聖な光で構成された剣が現れ、煌々と輝きながらディダルーに突きつけられる。

しかし次の瞬間――

『もういいだろう。お遊びは……ここまでだ』

ディダルーの背後に暗黒が蠢《うごめ》き、そこから低い声が聞こえてくる。

そしてその直後、暗闇から赤黒い巨体が出てきた。

肌は爛《ただ》れ、額に大きな角が生え、全身から瘴気《しょうき》を漂わせている。

こいつは――悪魔だ。

「は……？　なんで悪魔がここに……？」

ガステイル帝国で戦った大悪魔に比べると、圧倒的に存在感が劣っているから、おそらく下級悪魔だ。

しかしそれでも、絶大な力を持っているのがわかる。

「なんでって……私が召喚し契約をしたからですよ」

「いつからだ!!　何を生贄《いけにえ》にした!!」

まさか……獣人達を生贄にした……？

その可能性に胸がざわめくが、ディダルーはフンと鼻で笑う。

「あぁ、心配しなくて良いですよ。獣人を生贄にはしてませんから。生贄にしたのは私の大事な家族ですよ」

「……この外道め!!」

自分の家族を生贄にするなんて信じられない。

どこまで腐ってるんだ。

こいつらを外に出すのは危険すぎる。

今ここで確実に排除《はいじょ》しないといけない。

俺が神聖の剣を操り悪魔を攻撃しようとした瞬間——ドンドンと強い衝撃音が地上から聞こえてきた。

「ようやく始まりましたか」

立ち上がったディダルーが悪魔の背後に隠れて邪悪な笑みを浮かべるのと同時に、頭の中に緊急クエストを告げる警告音が鳴る。

俺は地面を蹴って後ろに下がり、悪魔を警戒しながらスマホを取り出す。

画面には緊急クエストの文字が表示されており、慌ててそれをタップする。


包囲されたグアンマーテルを壊滅の危機から救え!

残り二十三時間

クリア報酬：1500000神様ポイント
クリア報酬：ラクテルの守護宝珠《しゅごほうじゅ》
クリア報酬：異空間をインストール

「は？」

首都グアンマーテルが包囲されている？　どういうことだ？

俺の表情で察したのか、ディダルーの楽しそうな声が響く。

「おや、気づきましたか？　以前ミルドレイを襲撃したのは、リョーマ様を誘い出すため。その隙に、誰にも気づかれないようにノリシカ・ファミルの主力をグアンマーテルに集めていたのですよ……まぁそのせいで、施設の守りが薄くなっていたわけですが」

「なんだと!?」

「まぁ本来は、リョーマ様がノリシカ・ファミルを潰す時に私の私兵として協力して、信頼いただくためのものだったのですが……全てがバレた今となっては関係ないことです。グアンマーテルごとアドニス達を潰して、復興を私が行うことでこの国の頂点に私が立つことにします――さあ、破滅を楽しみましょう！」

まずい、急いでこの悪魔を撃滅してグアンマーテルを守らないといけない。

空中に浮かぶ神聖な剣を操り下級悪魔を攻撃する。

下級悪魔は悍《おぞ》ましい言葉で呪文を唱えると、両手に黒い炎を浮かべる。

その黒い炎はまるで生きているかのように蠢《うごめ》き、神聖な剣とぶつかり合って——神聖の剣と黒い炎はフッと消えた。

悪魔の使う暗《あんごく》獄魔法と神聖魔法は互いを打ち消し合う。

かといって他の魔法では、暗獄魔法には太刀《たちう》打ちできない。

下級悪魔はすぐに新たな黒い炎を生み出し、俺を呑み込もうとしてきた。

俺は神聖の盾を作り出してそれを防ぎ、魔力を高めて神聖魔法の浄化の光を発動する。

浄化の光が強く輝き、室内を照らした。

転がっていた生首の表情が穏やかになり、悪魔も姿を消すと、室内はさっきまでとは打って変わって清涼な空気になった。

しかしその直後、ディダルーから邪悪な力が溢れて空間を侵食していく。

そして再びディダルーの背後に下級悪魔が姿を現した。

下級悪魔がパンと手を叩くと、強烈な音と衝撃波が襲いかかってくる。

「グッ……」

耳の奥がキーンとして音が聞こえづらくなったが、すぐに自分に神聖魔法を発動する。

その隙に、悪魔の手から強烈な悪臭を放つ泥が溢れ、ボトボトと床に落ちた。

落ちた泥は床を腐らせながら、ドクンドクンと悍《おぞ》ましく脈動して一塊になる。

蠢《うごめ》きながら何かの形になろうとするのを阻止するため、俺は手を翳し、神聖魔法を発動した。

浮かび上がった人の頭ほどの光の玉から神聖な光線が放たれ、悪魔とディダルーを攻撃する。

それに対抗するように、下級悪魔は顎《あご》がはずれるくらいに口を開け、獄炎を吐き出して光線にぶつけた。

その間も汚泥は形になっていき、十歳児くらいの大きさの人型になった。

ただ、人型と言っても顔などがあるわけではなく、ただ胴体に四肢とつるつるの頭部がついただけの、どこか不気味な物体という印象だ。

そいつは不快極まりない甲高い鳴き声を上げながら、両手を前に突き出しドテドテと俺に近付いてきた。

汚泥が触れた場所は腐食され穢《けが》れていく。

「凄いですね悪魔は！　使徒リョーマ様が手も足も出ませんよ！」

愉快そうに笑うディダルー。

俺は全魔力を解放して悪魔とディダルーにぶつけた。

放たれた魔力の圧で汚泥は弾け散り、ディダルーは壁まで吹き飛ばされる。

悪魔はなんとか踏ん張りを見せているが、身動きが取れなくなっている。

俺は右手に神聖な雷を発生させて、槍《やり》の形にする。以前大悪魔と戦った時に作ったのと同じものだ。

「な、なんだそれは⁉」

俺の右手に握られた白雷の槍から放たれる力にディダルーは驚愕の声を上げ、下級悪魔は恐怖に叫び命乞いをする。

この白雷の槍が自分を消滅させると理解しているようだ。

「丁寧に戦ってあげていただけだ。調子に乗るなよ」

白雷の槍の穂先《ほさき》で突いただけで、下級悪魔は断末魔を上げて消滅した。

「……化け物め」

頼みの綱《つな》であった悪魔が消えたことで、ディダルーは無気力にへたり込む。

しかしこの白雷の槍を何度も受けていた大悪魔はヤバすぎたな……

なんてことを考えながら、俺はディダルーを睨みつける。

「これ以上余計なことはするなよ」

「はは……この私に何ができると言うんですか……」

俺の力を目の当たりにして、抵抗する意思も見せないディダルー。

「ぐあああああああああ⁉」

しかし突然叫んだかと思うと、全身を掻きむしり始めた。

「ど、どうしたんだ⁉」

ピコンとメールを受信する音が頭の中に聞こえた。

スマホを取り出してメールを確認すると、差出人はもちろん俺をこの世界に連れてきた神様、メシュフィムだ。


やっほー！　久しぶり！　って言ってても僕は神界から楽しく見させてもらってたけどね！

彼のこと、気になるよね！

簡単に説明すると、悪魔を召喚した代償として魂が穢れたんだよ。彼はもう生まれ変わることすらできず、死後は消滅するだけさ。

それがなんで苦しんでるかっていうと、魂が穢れたことで耐え難い不快感に襲われるようになったのと、タウタリオンによる神罰で壮絶な苦しみを味わってるからだね。

……それはさておき、悪魔を消滅させてくれてありがとう！

タウタリオンも、人体実験されそうになっていた獣人を救ってくれてありがとうってすっごく感謝してたよ！

タウタリオンからもお礼がしたいってことで、僕と共同のご褒美をあげたから、後でステータスを確認してみてね！

それじゃあ頑張ってね！


相変わらず気軽に凄いことを言ってくる……

メシュフィムの言う通りご褒美は後で確認するとして、すぐにグアンマーテルを守りに行かないと。

未だに苦しんでいるディダルーを影の中に入れて階段を上がっていくと、地下への出入り口が瓦礫に塞がれていた。

その向こうでは相当凄まじい戦闘が行われているのか、様々な衝撃音が頻繁に聞こえる。

それと同時に、人々の逃げ惑う声や泣き叫ぶ声、断末魔も聞こえてくる。

半壊した建物の瓦礫を押しのけて外に出ると、そこはもう戦場だった。

市街戦が行われて多くの建物が倒壊し、見渡す限り怪我人だらけだ。

俺はすかさず空中に浮かび上がり、広範囲に神聖魔法を発動して怪我をした人達を癒やす。

さっきの白雷の槍と今回の神聖魔法で、魔力はかなり消費してしまったが仕方ない。

人々は俺が現れたことに歓声を上げた。

ノリシカ・ファミルの戦闘員がそんな人々を攻撃しようとしていたが、俺は氷の槍でそいつらを仕留める。

俺はその場を離れ更に上空に飛び上がって状況の確認をする。

密会場所近辺の状況からなんとなくわかってはいたが、グアンマーテル全体が悲惨な状況だ。

相当な数の戦闘員が隠れ潜んでいたみたいで、あちこちで被害が拡大している。

兵士や冒険者が対応しているが、手が足りていないようだった。

大魔法で敵を一掃できれば楽なんだけど、住民達が大勢残っている中でそうすることはできない。

ノリシカ・ファミルの戦闘員を見つけたところで各個撃破していくしかないか。

俺はスマホを取り出して、タオルクとルインの居場所を確認して向かう。

途中、怪我人などを癒やして誘導し、最終的に千人近くの人を引き連れて、ようやくタオルクとルインに合流した。

「リョーマ！」

「ごめん、遅くなった。近くに怪我人はいる？」

「ああ。怪我人はこっちに集めてるから、まずはそこに行って治してくれ」

「わかった！」

タオルクの言うところに向かうと、救助された人がたくさん集められていた。

俺が戻ってきたら癒やしてもらえるからと、タオルクとルインが人を集めて守ってくれていたみたいだ。

神聖魔法を発動してその人達全員を治すと歓声が上がった。

「リョーマ！　これでやっと安心できるッス……」

かなり切羽詰まった状況だったらしく、ルインは心底安心して大きく息を吐く。

「遅くなってごめんね。俺はアドニスさんとベンジャーノさんのところに行くから、ここはまた任せるよ」

「わかったッス!!　お二人は冒険者ギルドにいるって教えてもらったッス!!」

大量のフェアリーポーションをルインに預け、二人がいるという場所へ向かった。

第8話　事態の収束、そして新たな旅へ

ギルドに辿り着いた俺は、使徒であることを伝えて身分を証明し中に入れてもらった。

「リョーマ様!!」

「遅くなってすみません。今回の凶事を計画したディダルーは拘束しましたので、急いで駆けつけました」

「本当ですか!?　これで希望が見えてきました!!」

アドニスは表情を明るくする。

すると、彼の隣にいた、重鎧を身にまとい、髭《ひげ》が立派な男が頭を下げてきた。

「リョーマ様、ご挨拶申し上げます。私はシャンダオの冒険者ギルドを総括するギルドマスターのマテンと申します」

「よろしくお願いします。被害状況はどうなっていますか？」

「街中のいたるところで戦闘が始まったため、都市の中央部を避難エリアに定め、市民にはそこへ

向かってもらっています。避難エリア周辺に防衛ラインを敷いていますが、敵の勢いは凄まじく突破されるのは時間の問題かと……地図をご確認ください」

大きなテーブルに、首都を精巧に網羅《もうら》する地図が置かれていたので確認する。

地図は首都中央を囲むように赤く塗り潰されていた。

「この赤いのは……」

「甚大な被害を受けた場所です。避難民が集まっているエリアもありますが、基本的には今も敵の占領下にあります。この境が防衛ラインとして何とか維持しております」

「では自分はこのラインに沿って遊撃《ゆうげき》支援していきます。ところでベンジャーノさんは？」

「彼は最も戦闘が激しいこの場所で現場指揮をとっています」

「わかりました。これを置いていきますので、怪我人に使ってください」

大量のフェアリーポーションを置いていく。

「ありがとうございます!!　回復薬系は消耗《しょうもう》が激しいのでとても助かります!!」

俺はギルドを出ると、ベンジャーノがいるという場所に飛んでいく。

ベンジャーノがいるところに近付いていったその時――大きな爆発が起きて、黒煙が空高く上った。

すぐにその中心部に飛び込むと、敵味方関係なくたくさんの人が死んでいた。

「くそっ!!」

俺は残り少ない魔力を使って神聖魔法を発動し、生存者をまとめて癒やす。

「ベンジャーノさん‼　どこにいますか‼」

大きな声で呼びかけるが反応がない。

もしかして、今の爆発で……⁉

最悪な想像をした瞬間、離れたところから何かがぶつかり合う音が聞こえてきた。

そこへ急いで行くと、大怪我をしながら戦斧《せんぷ》を振るうベンジャーノと、猛攻を仕掛ける双剣使いがいた。

「おっさん、いい加減くたばれよ‼」

「まだまだだぁ！　私が受けた拷問に比べればこの程度の怪我など大したことない！」

勇猛果敢に攻撃を仕掛けるベンジャーノ。

だけど、次の瞬間右肩を矢で貫かれて戦斧を手放してしまう。

双剣使いの男はニヤリと笑みを浮かべて、ベンジャーノにトドメを刺そうとするが――

俺は回復した魔力を使って氷の剣を作り、双剣使いの胴体を貫き吹き飛ばした。

「大丈夫ですか⁉」

「はぁ……はぁ……リョーマ様……」

今まで無理して戦っていたのだろう、喋るのがやっとの状態だ。

ベンジャーノの肩に手を当て神聖魔法を発動する。

傷がみるみる再生していくその時、首に激しい痛みを感じた。

矢が俺の首を貫いたのだ。

また首かよと言いたいところだが、苦しくて言葉にできない。

「リョーマ様!!」

ベンジャーノが焦った声を上げるが、自分で矢を引っこ抜きベンジャーノを治すのに集中する。

スキル治癒のお陰で俺の首の傷は徐々に塞がっていく。

「リョーマ様！　私はもう大丈夫です！　ご自身をお治しください！」

「ゴホッ、大丈夫です」

ベンジャーノは完治し、俺の首の傷も塞がった。

矢を射ってきた方に目を向けると、弓を担いだエルフの男が慌てて逃げているのが見えた。

俺はそのエルフの男に向かって氷の矢を放ち首を射抜いた。

ドサッと倒れるエルフの男。

地面に転がっている戦斧を念動魔法で操り、ベンジャーノに渡す。

「リョーマ様、助けていただきありがとうございます」

「間に合って良かったです。あの爆発はなんだったのですか？」

「わかりません……突然起きたので原因すらわからず」

「未知の攻撃ですか……わかりました。近辺で避難所にしている場所はありますか？」

「こちらです。ご案内いたします」

周囲の警戒を怠らずに、倒れている人を神聖魔法で治療していきながら避難所へ向かう。

案内された場所は商売の神を祀《まつ》る大教会で、敷地内や聖堂内にたくさんの人が集まっていた。

聖職者の人が懸命に救護活動を行っているが、圧倒的に人手が足りておらず、既に息絶えてしまっている人も少なくない。

俺は神聖魔法を発動し、避難所内すべての人を癒やした。

「はぁ……はぁ……」

神聖魔法の消費魔力量は膨大だ。

それを何度も使っているので、魔力が随時回復しているとはいえ追いつかなくなってきた。

精神力も過大に消耗し息が上がる。

「リョーマ様……」

「大丈夫……自分は次の場所に向かいます……」

助けを待っている人は他にもたくさんいる。

ここで立ち止まるわけにはいかない。

俺は空を飛び、次の防衛ラインへ向かう。

住民を襲うノリシカ・ファミルを見つけ次第倒して、近くの避難所に行っては神聖魔法を使う。

途中からは、魔力の消耗を抑えるために重傷者以外にはフェアリーポーションを渡すようにしていた。

それを繰り返して敵の包囲を崩していき、だいたい東半分の敵を掃討することができた。

「もうそろそろ日暮れか……」

いったいどれだけの敵を倒して、人々を治してきたのだろうか。

瓦礫の上に座って滴る汗を拭う。

敵の勢いはかなり下火になっており、撤退し始めたという情報も入っていた。

ただ、奇襲を受けたという話もあり、情報は錯綜《さくそう》している。

正確な情報を得るために一旦ギルドに戻ろうと腰を上げた時、何かが猛スピードで俺に近付いてきているのを感知する。

大きな狼《おおかみ》にまたがった、冒険者のような格好の傷だらけの男だ。

彼は息も絶え絶えに、声を発する。

「た……助けてください……」

「今助けます！」

神聖魔法で男の傷を治す。

全身の傷が治ったことに驚きを見せ、ハッとする男。

「あ、貴方が使徒リョーマ様ですか……？」

「はい。何があったんですか？」

「た、助けてください‼　とんでもなく強い敵が現れて……僕達のいた部隊は……」

「わかりました。その場所に案内してください」

「は、はい‼　ありがとうございます‼」

若い男は大きな狼にまたがり指示を出す。

狼は来た道を戻っていき、俺は飛行してついていくと、一人の大男が大暴れしているのが見えてきた。

「あ、あいつです‼」

大男を指差す若い冒険者の男。

「ありがとう。後は俺が対処するから、君は離れてて」

「はい‼」

俺が奴に感知される前に氷雪魔法で氷の槍を作り大男に放つ——が、大男は凄まじい勢いで大刀を振るい氷の槍を防ぐ。

「やっとお出ましか！　待ってたぞ、使徒リョーマ！」

空中に浮かぶ俺を見て不敵な笑みを浮かべる大男。

凄まじい力を感じる。

おそらく英雄級に匹敵するだろう。

だが時間をかける気はない。

「すごく疲れてるんだ……さっさと終わらせる」

俺は水魔法を発動し、膨大な水を作り操る。

「まぁ待て。こっちも準備させてもらおう」

準備だって？

大男は懐から紫色の玉を取り出すと、それを握り潰す。

その玉から紫色の煙が一帯に広がった瞬間、大男に匹敵するかそれ以上の強大な力が複数、霧の中に出現したのがわかった。

紫色の煙が晴れると、そこには新たに三人の人間が増えていた。

「あれが俺っちのターゲットか～。面白そーー！」

槍を肩に担いだチャラそうな男が軽口を叩く。

「頑張り……ます」

呪われていそうなほどにおどろおどろしい人形を抱いた陰気《いんき》な女が、長い髪の隙間からギョロっと俺を睨みつける。

「お前達、真剣にやれ。死ぬぞ」

そして黒い全身鎧をまとい、禍々しい黒剣を手にした男。こいつが一番ヤバい。

おそらくこいつらが、ディダルーが俺を倒すために用意した連中だろう。

「降りてきて……」

「うお!?」

陰気な女が人形を撫でながらそう言うと、俺の体がグンッと重くなった。

どんどん加重していき、地面が近くなってくる。

「おっしゃ！　いくぜ！」

チャラそうな男は槍を構えると、なんの変哲もない突きを放ち、見えない何かを飛ばしてきた。

ただの平凡な攻撃に見えるが、獣の直感がこの攻撃は危険だと告げた。

着地した俺は異様に重い体を無理やり動かして、体を捻る。

見えない攻撃は何とか避けたが、その隙に俺の後ろに大男が移動してきており、大刀を横薙《よこな》ぎに振るった。

「グッ……」

咄嗟《とっさ》に刃を手で受け止めるが、凄まじい力で吹き飛ばされる。

ものすごい衝撃が体全体に響く。

未だ体が重く感じるままで、立ち上がるのもやっとだ。

「使徒も大したことないね～」

ヘラヘラ笑うチャラ男。

咄嗟にそちらを睨みつけるが――

「ウッ……オェェ……」

腹の中で何かが這《は》いずり回っているような不快感に襲われ、血を吐いてしまった。

「やっと効いてきた……ヒヒヒ……」

俺の様子を見て不気味な笑いをする陰気な女。

この体の異変はこの女のせいのようだ。

「ヒメちゃんの呪いはえげつないなぁ～！」

チャラ男はウェ～と舌を出し、大げさなリアクションをする。

そんな軽い調子の二人を気にすることなく、大男がドスドスと地面を踏み鳴らして俺に近付いてくる。

「フンッ!!」

うずくまり吐血《とけつ》する俺の首めがけて力いっぱい大刀を振り下ろす。

ダアアアアアンと衝撃音が響き渡り、俺の体は地面にめり込んだ。

「あれ、もう死んじゃった～？」

チャラ男は槍の穂先で俺のことをツンツンしてくるが、俺はグッと腕に力を入れて地面から抜け出し立ち上がった。

「はぁ～。イテテテ……」

こいつの攻撃では体を切られることはなさそうだったので、あえて防がずに受けたのだ。

そしてそのぶん、魔力の回復に注力し――予定通り、こいつらを相手にするには十分な魔力が回復した。

「それじゃあ、さっさと終わらせようか」

膨大な魔力を放出し威圧する。

俺の魔力を感じ取ったのだろう、大男とチャラ男、そして陰気な女は愕然とする。

俺はすかさず念動魔法を発動し、周囲に落ちていた武器を操り空中に浮かせる。

剣や刀、槍、短剣や矢、斧《おの》、戟《げき》……本当にいろんなものがある。

それらを全て、敵に向かって勢いよく発射した。

雨のように降ってくる武器を大男は大刀で叩き落とし、チャラ男は陰気な女を守りながら槍で穿《うが》ち弾く。

そして黒い鎧の男は凄まじかった。

目に見えないほどの剣速で、降ってくる武器を細切れにしていたのだ。

「ふん、腐っても使徒。この程度は余裕か」

黒い鎧の男はそう呟くと、黒剣を手に俺に近付いてくる。

その横を走り抜ける巨体。

大男は俺に肉薄すると、大刀を振り下ろしてきた。

今は黒い鎧の男が何をしてくるかわからないので、こいつに時間をかけたくない。

地面を隆起させて岩の壁を作り出し、大男の攻撃を防ぐ。

「グッ……」

しかし突然、体中が切り裂かれて全身から血が噴き出た。

これは……陰気な女の攻撃か。

すぐに神聖魔法を発動して一瞬で傷を再生させる。

その一瞬の隙に大男が岩を砕き、チャラ男が俺の右真横に移動してきて槍を突いてきた。

槍が俺の心臓を穿ち――俺の姿はドロドロと溶けて影の中に沈み込んだ。

さっき壁を作った際に、一瞬で影魔法を発動し、影魔法で作った分身と入れ替わっておいたのだ。

「はぁ⁉　どういうこと⁉」

俺が消えたことに驚くチャラ男。

「思った以上にめんどくさいな……」

俺は影の中で呟く。

「逃げられちゃった？」

「……わからん」

俺が足元の影の中にいるのに気が付かずに話すチャラ男と大男。

俺はスマホを取り出して、インベントリからアイルーンの首飾りを取り出して身につける。

このアイテムは大英雄アイルーンの意思が宿っていて、着用者が危機に陥った時は魔力を消費して自動で強固な盾を発動し守ってくれるという優れたアイテムだ。

俺は影の中で氷雪魔法を発動し、氷の槍を形成する。

そして自らが潜んでいる影を陰気な女の足元に移動させた。

この女の不可解な力は厄介極まりない。できることなら最初に排除したい。

隙だらけの陰気な女の背に向かって、影の中から氷の槍を射出した。

急に現れた氷の槍は、陰気な女の胸を貫く。

「あ……え……」

胸に穴を開けられた陰気な女は、驚きの表情を浮かべたまま、ドサッと倒れる。

「ヒメちゃん!!」

チャラ男が陰気な女に駆け寄る。

「この影か!!」

大男は大刀を振り上げて俺が潜む影に向かって振り下ろした。

当然そんな攻撃が効くはずもなく、ただ地面を叩いただけとなる大男。

大男から離れてから影を出る。

……といっても影を出たのは俺の分身で、本体の俺は影の中のままだ。

影から出てきた俺を睨みつける大男とチャラ男。

特にチャラ男は強い殺意に漲《みなぎ》っていた。

「このやろおおお!!」

駆けてくるチャラ男。

巧みな槍さばきで攻撃を仕掛けてくる。

その一撃一撃が重く鋭く、更にしなった槍によって、予想外のところから攻撃が襲いかかってくる。

大男との連携も見事で、一切の隙がなかった。

しかし俺の分身は、彼らの攻撃をヒョイヒョイと躱《かわ》す。

本体だったらこんな軽快に動けないが、魔法として操っているので、自分ではできないアクロバットな動きもお手のものだ。

まさに自分が超人になったらなんていう妄想《もうそう》を具現化しているわけで、ついつい楽しくなってしまう。

「な、なんだあの動き!?」

「攻撃が全然当たらない!!」

動揺する二人にトドメを刺すべく、分身を通して氷結魔法を発動する。

地面がゴゴゴと微かに揺れ、巨大な氷柱が地面から次々と生える。

「なんだ!?」

「何をするつもりだ!?」

大男とチャラ男は大魔法に驚き警戒する。

一方で少し離れたところにいる黒鎧の男は、特にリアクションすることなく堂々たる立ち居振る舞いだ。

冷気が一帯に立ち込めて、三人の吐息が白くなる。

一つの氷柱から氷の剣が作り出されて、チャラ男に向かって射出された。

チャラ男は冷静に、槍でその氷の剣を叩き割った。

しかしその直後、等間隔で地面から生える氷の柱、そのすべてから無数の氷剣が出現し、敵の四方八方を取り囲んだ。

全方位から氷の剣が射出されて、中心にいる三人を襲う。

「うおおおおおおおおお‼」

大男は雄叫びを上げて大刀で氷の剣を叩き割る。

「クッ……」

チャラ男は歯を食いしばり、必死の形相《ぎょうそう》で槍を操り何とかしのぐ。

「……」

黒鎧の男は相変わらず落ち着いていて、間合いに入った氷の剣が砕け散っていた。

この男にとって、これは取るに足らない状況なのだろう。全く涼しい顔をしている。

逆に大男とチャラ男は、次々と射出される氷の剣を受けきれなくなってきて、切り傷がどんどん増えていく。

「があああああ!!」

「い、嫌だ……死にたくない……」

雄叫びを上げる大男と、絶望の表情を浮かべて涙を流すチャラ男。

やがて彼らは攻撃を防げなくなり、全身に剣が刺さり絶命した。

それを確認した俺は、氷の剣の射出を止める。

黒鎧の男には、この攻撃は続けても無意味だとわかっているからだ。

無駄な魔力を消費することもない。

やはり他の三人とは格が違うようで、黒鎧の男は静かに歩み、分身の俺の前に立つ。

「偽物の貴様などに用はない。姿を現せ」

いつの間にか分身の胸が黒剣に貫かれていた。

全く意識できなかった。

分身は影に沈むように消えていく。

俺は影移動で距離を取ってから自分の影を出た。

「……あれが本体じゃないって気が付いてたんだ」

「無論だ。あの偽物に何も感じなかった。故に俺の脅威とはならない」

黒鎧の男はまっすぐ俺を見据え、両手で黒剣を握り構える。

ここからが本番というような緊張感に包まれる。

俺はまず、念動魔法を発動し、死んだ大男が使っていた大刀を操り黒鎧の男の背後から叩きつける。

完全に不意打ちだと思ったが、やはり通用しなかった。

見向きもせずに剣で弾き返している。

そして黒剣を地面に突き刺し、鋭い眼光で俺を睨みつけた。

「俺を測ろうとするな。小手先の技ではなく、貴様の最高の技で戦え」

「わかったよ。もう出し惜しみはしない」

俺は雷電魔法を発動し、右手に雷を集める。

雷は激しく放電するが、それを完全に制御して槍の形に押し止める。

膨大な魔力と荒れ狂う雷の力。

俺はその二つを押し込めた槍を握り、黒い鎧の男に向けた。

男は地面に突き刺していた黒剣を抜き、構える。

今まで無表情だったのが一変して、歯を剥き出しに笑みを浮かべる。

「それだ！　やっと死を感じる！　俺の技と貴様の力、どっちが上か——尋常に勝負！」

男の気配が莫大に増す。

逆に俺は冷静になり、集中を深めていった。

俺と男は同時に動き、雷の槍と黒剣がぶつかり合う。

槍の形に閉じ込められていた雷は広範囲に放電し、雷の槍と黒剣がぶつかり合った強い衝撃が拡散する。

放電する雷と強い衝撃波で、先ほど作り出した氷の柱に罅《ひび》が入り崩れ落ちた。

再び雷の槍と黒剣がぶつかると放電と衝撃波が発生する。

何度も何度も放電の閃光《せんこう》が瞬《また》き、轟音《ごうおん》と衝撃波が周囲に影響を及ぼす。

いつの間にか、俺達の周囲の瓦礫は吹き飛ばされ、更地になっていた。

「これ以上ないほどに死を感じるぞ！　もっと、もっとだ！」

恍惚《こうこつ》の表情を浮かべる黒い鎧の男。

「……これ以上お前の遊びに付き合う気はない」

しかし俺はスキル飛翔を発動して空に飛び、男に向かって雷の槍を投げた。

雷の槍はまっすぐに、黒い鎧の男のもとに降る。

男は迎え撃つように剣を振るい――轟音が響いた。

一瞬にして地面が抉《えぐ》れ、土煙が立つ。

そして風で土煙が流れると、クレーターの中心で空を見上げる男の姿があった。

興奮する表情のまま目に光はなく、絶命していた。

ディダルーが用意した英雄級の猛者《もさ》達は、俺の手によって敗れたのだ。

英雄級がどんなものかと思い、ある程度力を抑えていたのだが……ガステイル帝国の戦いに比べたら特に驚異になるほどじゃなかったし、たいして楽しくもなかった。

もしまた英雄級と戦うことがあれば、全力ですぐに終わらせても良いだろう。

他の戦況がどうなったのか知るために、一旦ギルドに戻ることにした。


「リョーマ様!!　我々の勝利です!!」

ギルドに戻るなり、アドニスが嬉しそうに告げてきた。

どうやら先ほどの戦いは、凄まじい音を立てていたこともあってかグアンマーテル中の注目を集めていたらしい。

そして戦いが収まり、俺がその場から去る姿を見せたことで、俺の勝利が知れ渡った。

ノリシカ・ファミルの残党は完全に撤退を始めたそうだ。

アドニスとギルドマスター、指揮所に戻ってきていたベンジャーノは喜びを露わにしている。

追撃の部隊も編制され、ノリシカ・ファミルとの戦いに幕が降りたのだった。


グアンマーテルが襲撃を受けてから七日後。

シャンダオほどの大国の首都が、一犯罪組織の襲撃を受け、大きな被害を受けたことは各国に衝撃を与えた。

どの国もシャンダオとの交易で利益を上げている部分があり、この国が傾くことに危機感を覚えたのだ。

そのためか支援の申し出が殺到し、しかし借りを作りすぎるわけにはいかないと、アドニスやベンジャーノ、ポリアネスはうまくバランスを取りながら、グアンマーテルの復興に取りかかった。

もちろん俺も、しばらくグアンマーテルに残り復興を手伝うことにした。

ついでに、シャンダオ国内に残るノリシカ・ファミルの残党を見つけては潰していく。

ノリシカ・ファミルはボスと大幹部、主力のほとんどを失い、完全に崩壊した。

そしてこの大事件を引き起こしたノリシカ・ファミルのボス、ディダルーは、死刑が宣告された。

今回の件もそうだが、これまでのノリシカ・ファミルが起こした事件の責任を追及されたかたちだ。

当の本人は悪魔を召喚した代償と天罰によって正気を失い、逃げ出す心配はないということで、処刑は後日公開で行われることになり、監獄最下層に収監されている。

ちなみに俺にディダルーを紹介したブルオンは、ノリシカ・ファミルのことはまったく知らなかったようで、とんでもない奴を紹介してしまったと、とても恐縮していた。

とはいえ彼が悪いわけではないので、責める気は全く起きない。これからもよろしく頼むと伝えると、随分とホッとしていた。

また復興に関しては、この一週間で大分進んだ。

瓦礫などの撤去は全て終わり、住居の保障の準備や新しい建築工事など、いろいろとやることは多いが……後はこの国の人達の力で何とかなるだろう。

というわけで今日は、グアンマーテルでアドニス達主催の、国内の有力者を集めた宴に参加していた。ちなみに街の方でも、国庫からの支出でちょっとしたお祭りが開かれている。

「リョーマ様、改めまして、我が国の危機を救ってくださいまして誠に感謝申し上げます。重大な事件にもかかわらず、被害を最小限に抑えられたのも全てリョーマ様のお力のお陰です。国を代表しこの御恩は一生忘れないと誓います」

アドニス、ポリアネス、ベンジャーノが頭を下げる。

「頭を上げてください。まずは犠牲となった人々に哀悼《あいとう》の意を表します。グアンマーテルを守り抜いたのは、戦いに参加した人々の力のお陰です。重大な困難を乗り越え、シャンダオの結束は強固なものになったと思います。これからは復興に力を合わせられたらと思います」

俺の言葉を聞いて、宴に参加している人々は大きな拍手をする。

それからは様々な人達と歓談するうちにあっという間に宴は終わり、俺はアドニスの屋敷の部屋に戻ってきた。

「はぁ……」

ため息をつく俺に、タオルクは苦笑する。

「随分お疲れだな」

「行く先々で偉い人からの賛辞《さんじ》をずっと聞くのはしんどいよ。大体似たような内容だしね……だけど、宴も終わったことだし明日には家に帰ろうと思う」

「帰れるッスか!!　やったー!!」

大喜びするルイン。

「二人とも、ずっと家に帰れなくてごめんね」

そう、二人は事件の後も、俺に付き合ってグアンマーテルに残ってくれていたのだ。

「気にするな。でもそうだな……そのうちバカンスにでも連れてってくれよ」

「自分はリョーマの手伝いができて良かったッス!!　普通ではできない経験をできて良かったッスよ!!」

二人には本当に苦労をかけたから、帰ったら何かご褒美を用意しようと考える。

そうだ、ご褒美と言ったらメシュフィム様とタウタリオン様からのご褒美だ。

忙しかったからすっかり忘れていた。

スマホを取り出してステータスを確認する。

リョウマ　男　15歳（0年）　デミゴッド
レベル1619
魔力　：9419573　持久力：1064993　筋力　：1572900
俊敏　：1609333　器用　：1099921　幸運　：107

神性　：47
ゲームマスター
称号：獣人の守護者　悪魔狩り
【スキル】
剣術Lv10　水魔法Lv125　浄化魔法Lv60　神聖魔法Lv179　火魔法Lv92　風魔法Lv101　土魔法Lv85
魔力念動Lv60　氷雪魔法Lv145　雷電魔法Lv162　聖樹魔法Lv1　影魔法Lv55
解体Lv8　飛行Lv77　隠密Lv91　テイムLv50　治癒《ちゆ》Lv45　魔力回復Lv301　魔力増大Lv7
豊穣《ほうじょう》の恵みLv――　獣の直感Lv――

ステータスは上がっていないが、神性が上がっていて、称号が増えている。

それにスキルの方も、使ったものはレベルがかなり上がっていた。

しかし神性がここまで上がったのは考えものだ。

俺に命を助けられた人は俺に強い恩義を感じて、使徒という立場もあり信仰しているような状態だ。

そしてその信仰は、俺の神性を感じ取れるようになってしまうという側面を持つ。

つまり、俺は今、グアンマーテルにおいてはどこに行っても存在がバレ、大騒ぎされるようになってしまっているのだ。

それもあって、フィランデ王国に帰ることにしたのだ。

ちなみにこのことはまだアドニス達に言っていない。

今日は楽しい宴だったので、水を差したくなかったからだ。

まぁ、いつでも戻ってこられるから明日伝えればいいだろう。

俺は風呂に入ってさっぱりすると、布団に入るのだった。


翌日、アドニス達三人にフィランデ王国に帰ることを話すと、非常に残念がられた。

とはいえまたいつでも来られることを伝え、別れの挨拶も済ませる。

そして転移門を起動して、俺達はようやくフィランデ王国に帰ってきた。

「うおおおおおおお！　久しぶりの我が家だ！」

繋いだ先は俺の部屋だったが、やはりここが一番居心地がいい。

タオルクとルインも同じようで、満面の笑みで自分の部屋に戻っていった。

それからすぐにルシルフィアが俺の部屋に来る。

「おかえりなさいませ」

「ただいま。スレイルとミアはどうしてる？」

「二人とも、今は保護した獣人の子のお世話をしております。やはり人間には抵抗あるのでしょう、スレイル様とミア様にしか心を開いておりません」

「そうだよね……例の子達は？」

人体実験で生き残ったけど自我が消失してしまった獣人の子のことを聞く。

「私の神聖魔法で、摩耗した魂は少しずつ回復してはいます。ですが感情を取り戻せるかどうか……今はまだわかりません」

「今は見守ることしかできないか……」

俺はルシルフィアに、あの後グアンマーテルで起きたことを……ディダルーのことを全部話した。

「え、悪魔召喚者だったのですか⁉」

珍しく驚き、動揺を見せるルシルフィア。

「どうしたの？」

「いえ……もし悪魔召喚者であったら、以前お会いした時に悪魔の存在を感知したはずです……ですが全くそんな気配はありませんでした」

考えてみればそれはそうだ。

大天使であるルシルフィアなら、悪魔の存在を感知できていないのは変だ。

「ディダルーが悪魔を召喚したのはいつだったか聞いてますか？」

「家族を生贄にして召喚したって言ってたが、いつとはわからないな……」

考え込むルシルフィア。

「大天使である私を欺《あざむ》くなら、大悪魔以上でないとできません。その悪魔は大悪魔だったのですか？」

「いや、下級悪魔だったけど」

「……考えられるのは何かしらのアイテムだと思います。ですが、大天使である私を欺くとなるとかなり貴重なものになりますが」

「ディダルーはベンジャーノの右腕にまで上り詰めた商人だから、手に入れることはできてもおかしくないいね」

「確かに……その通りですね」

しかし、大天使を欺くアイテムか……そういうものがあるのか、今後のために調べておこう。

それから俺が留守の間に何か問題が起きてないか聞くが、特に重大な問題は起きていないようだった。まぁ、何かあれば直接連絡を寄越していただろうから想定内だ。

ただ、アルガレストに来る獣人の数がどんどん増えてきて、これ以上は受け入れるのが難しいという。

今後も安住を求めて大陸全土から集まってくるだろうから、早急に手を打たないといけない。

アルガレストの再開発に関しては順調で、かなり進んでいるという。

今度挨拶がてら見に行ってみることにしようかな。

「リョーマ様、戻ってきてそうそうに仕事の話もなんですから、のんびりしましょう」

ルシルフィアが俺に手を翳すと、彼女の神聖魔法が俺を包み込む。

ものすごく心が落ち着く。

正直ノリシカ・ファミルのことでいろいろ思うことがあってかなり心が重くなっていたから、癒やされる。

自分で神聖魔法をかけてもここまでリラックスできないし、ルシルフィアの神聖魔法には特別な何かがあると思う。

常に隣にいてほしいくらいだ。

「はぁ……俺にもっと力があれば、もっとたくさんの人を助けられたんじゃないかって考えてたんだ。それにもっと思慮深かったら、ディダルーに騙されて操られたりしなかったんじゃないかって」

俺が思わずそう零すと、ルシルフィアは首を横に振る。

「彼が悪だったのなら、どんな経緯になったとしても、同じ結果を辿っていたと思います。たとえリョーマ様とディダルーが出会わなくても、犠牲になる人は変わりません。それどころか、別の人間と出会ったディダルーがシャンダオを支配して、何倍、何十倍の人を不幸にしていた可能性もあったと思います。獣人は今も虐げられたままで、アルガレストは生まれ変わることができず、獣人は希望を持てずに地獄の日々をこの先も送っていたかもしれないのです。リョーマ様は絶大な御力があります。そして既に大勢の人を救ってます。今の何倍、何十倍の人々を救っていくと思います。だから胸を張ってください」

「……うん」

彼女の言葉で、胸につっかえていたものが取れた気がする。

俺は涙が溢れるのを止められず静かに泣いた。


次の日、午前中はスレイルとミアと一緒にのんびりと過ごした。

純真無垢《じゅんしんむく》で無邪気な二人を見ていると、これまた心が浄化される。

ミアはだいぶ明るくなり、自分からいろいろ話してくれるようになったし、スレイルは勉強を頑張ったのか精神的な成長が見て取れる。

二人とたくさん遊んだ後は、正装に着替えて王宮に出向いた。

すぐに中に案内されて、ルイロ国王と面会をする。

「リョーマ様!!　お戻りになられたのですね!!　オークションのことなど、ご活躍を耳にしておりますよ。またすっごいお宝をご出品なされたみたいですね」

満面の笑みなんだけど圧を感じる。

最後に話した時に指輪のことで怒られたのに、病気を完治させたり若返ったり寿命が伸びたりする凄い薬を作って出品したからなぁ……

「ノリシカ・ファミルの件も、おおよそのことは聞き及んでおりますが……」

「はい、いろいろありました……」

シャンダオでのオークション以降の出来事を――話す。

暗殺されかけたことを話すと驚愕してからノリシカ・ファミルに憤慨《ふんがい》し、ボスだったディダルーの陰謀と計画には言葉もない様子だった。

「壮絶な出来事でしたね……まさかベンジャーノではなくその情報提供者が真のボスで、しかもノリシカ・ファミルがそこまで過激だったとは……リョーマ様がご無事に帰還されて何よりです」

「ありがとうございます。そうだ、獣人のことで少しお話があるのですが、よろしいでしょうか？」

「はい、何でしょうか？」

「今も自分の影響で近隣から獣人が集まってきていると思います。アルガレストでも獣人を受け入れるキャパシティは限界に近いと報告を受けました。なので近々、改めて相談の時間を作っていただければと思いまして」

「なるほど、それでしたらいつでも大丈夫ですよ！」

「ありがとうございます。また計画を立てたら相談させてください」

「わかりました。王国としても協力しますので、また教えてください」

それから少し歓談をし、いつも恒例の贈りものをして王宮を後にした。

自分の家に戻ってきた俺は、執務室に向かう。

俺が確認しなきゃいけない書類がいくつか溜まっていたので、その確認のためだ。

『リョ……』

「ん？」

しばらく作業をしていると、何かに呼ばれたような気がした。

こんなこと前にもあったなと思い出し、インベントリから使徒専用冒険者証を取り出して、机に置いてみた。

『おーい、玲真くーん!!　お、今回はすぐに繋がった』

俺の冒険者証から、立体ホログラムのように皇の上半身が映し出される。

『久しぶりだね！　元気にしてたかな？』

「お久しぶりです、皇さん」

『シャンダオでのこと聞いたよ。頑張ったね！　あのノリシカ・ファミルを壊滅させるなんて凄いことだよ！』

「ありがとうございます。ノリシカ・ファミルのボス、ディダルーにはしてやられたって感じでしたけど……」

ディダルーの陰謀と計画について話す。

皇は最後まで黙って聞いてくれた。

『そっか。そういうことがあったんだね……。僕は玲真君はすごく頑張ったと思うよ。自分が使徒だからとか、あまり深く難しく考えなくていいんじゃないかな。君は種族が半神《デミゴッド》になってしまったことで、周りの人に勝手に崇められてるだけなんだ。その期待と責任に固執することもない。西園寺玲真という一人の人間なんだよ。君は君なりにこの世界を楽しめばいいんじゃないかな』

メシュフィム様と同じことを言う皇。

そうだ。忘れていた。

俺は俺として、この世界を楽しめばいいんだ。

でも、もう背負ってしまったものは最後まで背負い続けないと。

そう決意を新たにしていると、皇はパッと笑顔になる。

『──というわけで、メルギス大帝国に遊びに来なよ！　英雄祭とかあるから絶対楽しいよ！　ヴイジュファーも近々遊びにくるし、パーッと羽を伸ばそう！　それじゃあ迎えを送るからねー！』

「あ！」

言いたいことを言って通信が終わってしまった……

しかしメルギス大帝国か。

前から遊びにおいでと言われていたし、フェネーにも会いたいし、行きたい気持ちにかなり傾いている。

「もう思い切って行っちゃうか……？」

何日かに一回、こっちに転移して戻ってきて仕事をすればいいし……問題ないよな？

迎えを送るって言ってたし、向こう側は俺が行くことは決定事項なんだ。

メルギス大帝国に行こうと決めたら気持ちがワクワクしてきた……

そうと決まればいろいろ準備しなきゃいけない！

俺はルシルフィアとスレイルとミア、タオルクとロマとフェルメ、ルインを呼んでメルギス大帝国に行くことを話した。

皆最初は驚いていたけど異論は出ず、むしろ盛り上がる。

次は皆でメルギス大帝国へ向かおう！

異世界で水の大精霊やってます。
湖に転移した俺の働かない辺境開拓
ISEKAI DE MIZU NO DAI SEIREI YATTE MASU
著 穂高稲穂
HODAKA INAHO
1・2
アルファポリス
第2回次世代
ファンタジーカップ
「ユニークキャラクター賞」
受賞作!!!!
居眠りしている間に人間卒業!?
全能の大精霊になってしまいました
居眠りから目が覚めると、別の世界に転移していた高校生の冴島凪。辺りは見知らぬ湖——というより、彼は湖そのものになっていた!?　流れ込む知識を頼りに、自分が湖の大精霊に転生したことを理解したナギは、怪我や病で苦しむ者たちを治していく。そんなある日、ナギは願いの声に導かれて、ある少年のもとに召喚される。奴隷となっていた少年たちを救い出すと、その後も彼を慕ってどんどん仲間が増えていき……湖畔開拓ファンタジー、開幕!
異世界で水の大精霊やってます。
湖に転移した俺の働かない辺境開拓
2
著 穂高稲穂
目が覚めたら怪物の封印、勇者の育成、ついでに激レア子トラのお世話に引っ張りだこ!
大精霊の日々はやっぱり大忙し!!
「湖畔がにぎやかになりすぎてぐうたらする暇もないね」
◎各定価:1320円(10%税込)　◎illustration:つなかわ

The Record by an Old Guy in the World of Virtual Reality Massively Multiplayer Online
とあるおっさんのVRMMO活動記
1～27
椎名ほわほわ
Shiina Howahowa
アルファポリス
第6回
ファンタジー
小説大賞
読者賞受賞作!!
累計150万部突破の大人気作
(電子含む)
TVアニメ
2023年10月放送開始！
CV
アース：石川界人
田中大地：浪川大輔
フェアリークィーン：上田麗奈
ツヴァイ：畠中祐 ／ ミリー：岡咲美保
監督:中澤勇一 アニメーション制作:MAHO FILM
とあるおっさんのVRMMO活動記
椎名ほわほわ
現実じゃ冴えない会社員
でもVRMMOの中では
名うてのスキル職人!?
ネットで人気爆発!
冴えないおっさんのVRMMOファンタジー!
第6回アルファポリスファンタジー小説大賞
読者賞受賞作、待望の書籍化!
超自由度を誇る新型VRMMO「ワンモア・フリーライフ・オンライン」の世界にログインした、フツーのゲーム好き会社員・田中大地。モンスター退治に全力で挑むもよし、気ままに冒険するもよしのその世界で彼が選んだのは、使えないと評判のスキルを究める地味プレイだった！——冴えないおっさん、VRMMOファンタジーで今日も我が道を行く！
●各定価：1320円（10%税込）
●illustration：ヤマーダ
1～27巻好評発売中!!
とあるおっさんのVRMMO活動記
1
現実じゃ冴えないおっさんが
料理生産から冒険まで
VRMMOで大活躍!!
シリーズ累計18万部!!
大人気ファンタジー待望のコミカライズ!!
漫画：六堂秀哉
●各定価：748円（10%税込）●B6
コミックス1～10巻好評発売中

月が導く異世界道中
あずみ圭
Azumi Kei
Tsukiga Michibiku Isekai Dochu
1~18
8.5
シリーズ累計
350万部
(電子含む)
の超人気作!
TVアニメ 第2期
2024年1月から
2クール
放送決定!
月が導く異世界道中
あずみ圭
薄幸系男子の成り上がりファンタジー、開幕!
なんでだろう 親の都合で異世界へ
異世界へと召喚された平凡な高校生、深澄真。彼は女神に「顔が不細工」と罵られ、問答無用で最果ての荒野に飛ばされてしまう。人の温もりを求めて彷徨う真だが、仲間になった美女達は、元竜と元蜘蛛!? とことん不運、されどチートな真の異世界珍道中が始まった!
月が導く異世界道中
1
あずみ圭
木野コトラ
とことん不運、されどチート!!
2期までに
原作シリーズもチェック!
各定価：1320円（10%税込）
illustration：マツモトミツアキ
～18巻好評発売中!!
漫画：木野コトラ
●各定価：748円（10%税込）●B6判
コミックス1～12巻好評発売中!!

辺境伯家次男は
転生チートライフを
楽しみたい
辺境伯家次男のやりすぎ
異世界ファンタジー！
著 ベルピー
【創生神の加護】でもりもり成長して、
のびのび
異世界暮らし！
友達はもふもふ
家族から溺愛
ひょんなことから異世界に転生した光也。辺境伯家の次男、クリフ・ボールドとして生を受けると、あこがれの異世界生活を思いっきり楽しむため、神様にもらったチートスキルを駆使してテンプレ的展開を喜々としてこなしていく。ついに「神童」と呼ばれるほどのステータスを手に入れ、規格外の成績で入学を果たした高校では、個性豊かなクラスメイトと学校生活満喫の予感……!?　はたしてクリフは、理想の異世界生活を手に入れられるのか――!?
●定価：1320円（10%税込）　●ISBN 978-4-434-32482-6　●illustration：Akaike
辺境伯家次男は
転生チートライフを
楽しみたい
ベルピー
【創生神の加護】でもりもり成長して、
のびのび
異世界暮らし！
友達はもふもふ
家族から溺愛
アルファポリス

国一番の商会を持つ侯爵家の令嬢クリスティナは、その商才を妬んだ兄に陥れられ、追放されてしまう。旅にでも出ようかと考えていた彼女だったが、ひょんなことから特別なスキルを手に入れる。それは、異世界【ニッポン】から商品を取り寄せる魔法の型録《カタログ》、【シャーリィの魔導書】を読むことができる力だった。取り寄せた商品の珍しさに目を付けたクリスティナは、魔導書の力を使って旅商人になることを決意する。「目指せ実家超えの大商人、ですわ!」——駆け出し商人令嬢のサクセスストーリー、ここに開幕!

●定価:1320円(10%税込)　ISBN 978-4-434-32483-3　●illustration:nima

この作品に対する皆様のご意見・ご感想をお待ちしております。
おハガキ・お手紙は以下の宛先にお送りください。

【宛先】
〒150-6008 東京都渋谷区恵比寿4-20-3 恵比寿ガーデンプレイスタワー 8F
（株）アルファポリス　書籍感想係

メールフォームでのご意見・ご感想は右のＱＲコードから、
あるいは以下のワードで検索をかけてください。

アルファポリス　書籍の感想　検索

ご感想はこちらから

本書はWebサイト「アルファポリス」（https://www.alphapolis.co.jp/）に投稿されたものを、改題、改稿、加筆のうえ、書籍化したものです。

種族《しゅぞく》【半神《デミゴッド》】な俺《おれ》は異世界《いせかい》でも普通《ふつう》に暮《く》らしたい4

穂高稲穂（ほだかいなほ）

2023年8月31日初版発行

編集－村上達哉・芦田尚
編集長－太田鉄平
発行者－梶本雄介
発行所－株式会社アルファポリス
〒150-6008 東京都渋谷区恵比寿4-20-3 恵比寿ガーデンプレイスタワー8F
TEL 03-6277-1601（営業）　03-6277-1602（編集）
URL https://www.alphapolis.co.jp/
発売元－株式会社星雲社（共同出版社・流通責任出版社）
〒112-0005 東京都文京区水道1-3-30
TEL 03-3868-3275
装丁・本文イラスト－珀石碧
装丁デザイン－AFTERGLOW
印刷－中央精版印刷株式会社

価格はカバーに表示されてあります。
落丁乱丁の場合はアルファポリスまでご連絡ください。
送料は小社負担でお取り替えします。

ISBN978-4-434-32491-8 C0093